à M. Agnez

La réalité dépasse ... .ent

la fiction

Edna

Il saigne, mon coeur

Edna Arseneault-McGrath

Copyright ©2001 Edna Arseneault-McGrath
Copyright ©2001 Éditions AdA Inc.

Tous droits réservés. Aucune partie de ce livre ne peut être reproduite sous quelque forme que ce soit sans la permission écrite de l'éditeur sauf dans le cas d'un critique littéraire.

Révision : Denise Pelletier
Typographie et mise en page : François Doucet
Graphisme de la page couverture : François Doucet , Louis Lachance

ISBN 2-89565-021-7
Première impression : 2001
Dépôt légal : troisième trimestre 2001
Bibliothèque Nationale du Québec
Bibliothèque Nationale du Canada

Éditions AdA Inc.
172, des Censitaires
Varennes, Québec, Canada, J3X 2C5
Téléphone: 450-929-0296
Télécopieur: 450-929-0220
www.ADA-INC.com
INFO@ADA-INC.COM

Diffusion
Canada : Éditions AdA Inc.
Téléphone: 450-929-0296
Télécopieur: 450-929-0220
www.ADA-INC.com
INFO@ADA-INC.COM
France : D.G. Diffusion
Rue Max Planck, B.P. 734
31683 Labege Cedex
Tél. : 05-61-00-09-99
Belgique : Rabelais- 22.42.77.40
Suisse : Transat- 23.42.77.40

Imprimé au Canada

À Marie-Jane, ma mère
Grâce à toi, je suis.
À Eddie, mon fidèle compagnon
Grâce à toi, je progresse.

«Quand tous les individus s'appliqueront à progresser, alors...
l'humanité sera en progrès.» Beaudelaire

Antonio s'avança d'un pas hésitant, leva la tête, aperçut sa mère et s'immobilisa. Son cœur, crispé d'angoisse, savait qu'elle avait entendu le craquement sourd de son pas. Elle faisait la sourde oreille, ne cilla même pas. Aucun geste ! Lentement Antonio l'observa. Une sourde colère envahit tout son être. Sournoise, une souffrance aiguë comme la pointe d'un minuscule glaçon, s'enfonça dans sa poitrine. Quand donc serait-il délivré de cette douloureuse emprise ? Même à l'âge de quarante-huit ans, il ne pouvait se défaire du double sentiment d'amour et de haine que cette femme, «sa mère», lui inspirait. Avide d'affection, il la contempla.

Assise au centre du salon, droite, immobile sur sa chaise de style victorien, ses yeux verts perçants lançaient des éclairs. Son être tout entier respirait le despotisme: un visage buté, un menton volontaire, des lèvres pincées. Elle serrait les mains avec une telle force qu'on pouvait voir la blancheur de ses jointures. Une veine battait sur sa tempe…Les muscles tendus de son cou dénotaient l'effort extrême qu'elle faisait pour dissimuler son impatience et contrôler sa colère.

Vêtue d'une robe noire à longues manches rehaussées de dentelles ajourées, elle avait l'allure d'une douairière. Irritée par l'approche furtive d'Antonio, elle tapa du pied. D'un geste sec de la main, elle lui indiqua une chaise au fond de la pièce. Ignorant le geste, il s'avança lentement, la regarda. Immobile, elle semblait ailleurs. Pourtant, il devinait l'agitation tumultueuse de ses pensées. Le feu sous la glace ! Quand donc serait-il délivré de son influence malsaine ? Si seulement elle lui accordait l'esquisse d'un sourire, un semblant de tendresse, sa vie serait ensoleillée, transformée à jamais. Un soupçon d'amour aurait été un baume pour son pauvre coeur assoiffé.

— Bonjour, mère ! Vous allez bien ?
— Bonjour, Antonio ! Que fais-tu ici ?
—Je voulais vous voir... m'assurer que vous alliez bien… que…que vous ne manquiez de rien. Vous êtes constamment dans mes pensées. Je n'y peux rien !
Hésitant, un humble sourire au coin des yeux, il s'approcha d'elle. Timidement, il lui toucha la main, l'effleurant à peine. À l'instant même, elle croisa ses mains sur sa poitrine, comme si le simple contact de celles de son fils la brûlait. Longuement, il la dévisagea. L'oeil sec, elle ne broncha pas, ne baissa

pas les yeux. Le regard était le même, froid, pareil à celui d'une statue.

Il se sentait tout petit, la suivant des yeux, guettant une réaction favorable. Faire le point, tenter un ultime effort, qui sait ? Elle était très malade. Fatigué, son coeur ! Miné par des crises d'angines de poitrine qui la démolissaient un peu plus chaque jour. Qu'elle meure sans lui donner la moindre explication ? Impossible ! C'était maintenant ou jamais !

— *Mamma ?*

— Oui, Antonio ?

Il hésita. Cette rencontre ne devait pas tourner à l'aigre.

— Ne reste pas là, planté comme un piquet, à poireauter. Soeur Carmella doit arriver sous peu. Je t'en prie ! Dis ce que tu as à dire et retourne chez toi. Je n'ai besoin de rien.

— Mère ?

Elle ne lui simplifierait pas la tâche. Il hésita. Sa gorge était prise dans un étau. Son coeur cognait dans sa poitrine. Ses mains devenaient moites. Il n'était plus qu'un petit garçon pris en flagrant délit. Lui, un gaillard d'un mètre quatre-vingts, respecté et craint de ses employés, pourquoi se sentait-il si désemparé devant cette femme qui lui tenait lieu de mère ? Elle frappa sèchement du pied.

— Alors ? Que veux-tu ?

— Mère ! Pourquoi ne m'aimez-vous pas ? Pourquoi ?

Il criait presque, tant son attitude indifférente l'exaspérait.

— *Perchè ?* Pourquoi ?

—Balivernes ! Je vous ai élevés, soignés. J'ai fait mon devoir.

— Votre devoir ! Votre devoir ! Ce refrain, je le connais par cœur. C'est de votre amour dont nous avions besoin mes deux frères, ma sœur et moi. Pas un de nous ne semble avoir réussi à toucher la pierre qui bat dans votre poitrine !

— Laisse Antonio ! Tes insultes ne me touchent pas. Les autres ne se plaignent pas. Fais donc comme eux. J'ai fait mon possible.

— Vous êtes-vous jamais demandé un seul instant si nous étions heureux ?

— Parce que tu crois qu'avec quatre enfants à élever j'avais le temps de me questionner sur vos états d'âme ?

— J'oubliais. Vous préfériez aseptiser la maison. Une maison immaculée, accueillante comme un tombeau. Nous, de petits soldats bien entraînés, bien disciplinés, marchant au doigt et à l'oeil.

— Je me rappelle… j'avais à peine cinq ans, je voyais les enfants courir au-devant de leur mère en revenant de l'école. Elles les soulevaient, les couvraient de baisers, de caresses. Votre attitude droite, impassible, arrêtait ma course. Jamais le moindre élan d'affection. Je sentais comme un vide en dedans. Je me disais: «Ça doit être de ma faute, je ne suis pas un assez bon fils.» Pourtant papa, lui, m'embrassait. Il était fier de moi. Quand on sortait, il me présentait fièrement à ses amis en disant: «*È mio figlio !* » C'est mon fils !

Chaque matin, je me disais: «Tonio, essaie d'être plus fin, plus gentil. Aujourd'hui, elle ne pourra faire autrement. Elle va t'aimer.» Les heures passaient. Je vous guettais, à la dérobée. Vous ne laissiez jamais tomber le masque. Le soir venu, vous disiez:
« Antonio, va te coucher, il est l'heure.» Le cœur en milles morceaux, je montais l'escalier et mon âme pleurait à chaque marche. Noël, ma fête, mes bulletins, même quand j'étais premier de classe...toujours la même indifférence. Un laissé-pour-compte !
— Antonio, arrête de ressasser tes souvenirs d'enfance ? Tu radotes. Ça devient ennuyeux.
Sa raison lui disait de partir, son coeur le tenait rivé au sol. Un trop plein d'émotion avait ouvert la digue. Les mots coulaient en flot ininterrompu.

— Souvent, je m'installais dans l'escalier et je vous regardais. Que vous étiez belle !... mais... tellement inaccessible… comme entourée d'un mur invisible. Chacun de vos gestes était précis, calculé. Une fois, j'avais huit ans je crois, je vous ai trouvée assise, perdue dans vos pensées. Je me suis faufilé jusqu'à vous, j'ai grimpé sur vos genoux et collé contre votre poitrine, j'ai écouté nos deux cœurs battre à l'unisson. Je vous ai souri. Vous m'avez regardé en murmurant: «Le vrai portrait de ton père.» Vous m'avez repoussé si brusquement que je me suis étalé sur le carrelage. Je suis allé cacher ma peine sous le perron. Papa, qui connaissait ma cachette, est venu me chercher à son retour du travail.

— Qu'est-ce que tu fais là, Tonio ? Tu te caches ?

— *Non faccio niente papà.* Rien, papa.

— Viens vite, je vais te porter sur mes épaules.

Ses bras m'avaient entouré… Si seulement vous...

— Antonio ! Tu es un homme ! Regarde-toi.

— Vous rappelez-vous ma première communion ?

— Voyons ! Ta photo est là. Regarde l'habit que tu portais. C'est moi qui l'avait fait ? Et il était bien fait !

— Papa m'avait dit: «Je n'ai jamais vu un aussi beau garçon, ni aussi fin. Comment t'appelles-tu ? » Il me taquinait. Fièrement, je me suis tenu devant vous. Vous avez seulement dit: « Tu veux quelque chose ? » J'ai murmuré tout bas: « Non, maman. Non, je ne veux rien.»

— Épargne-moi tes larmoiements. C'est ridicule à ton âge.

Sans le moindre regard pour son fils, elle se dirigea vers sa chambre. Elle ne lèverait pas le voile.

— N'oublie pas de fermer à clef en partant. Sœur Carmella a la sienne... J'ai fait mon devoir !

Un sentiment de perte définitive l'étreignit. Elle venait de lui asséner le coup de grâce. Il s'élança vers elle, la fusilla du regard. Inutile ! Elle avait déjà disparu ! Le corps d'Antonio s'affaissa lourdement sur une chaise. La tête dans les mains, il sanglotait. Elle avait gâché sa vie !

Ses affaires étaient prospères. Directeur général d'une compagnie de distribution en alimentation, il avait séduit la plupart des gérants des grandes épiceries par sa droiture et son intégrité. Le succès et le bonheur était à sa portée. Cependant, au bout de cinq ans, son mariage avait échoué lamentablement. Un soir, en rentrant du bureau, il avait trouvé la maison vide. Un bref mot, laissé bien en évidence, résumait leur union: «Je m'en vais. Je veux une famille, des enfants, un vrai foyer débordant d'amour et de joie. Impossible avec toi ! Tu ne sais pas aimer ! Tu n'es qu'un robot humain. Adieu ! Lucia.» Pourtant, il avait été bon et généreux. Parfois même jusqu'à la bêtise. Une maison cossue, un jardinier, des meubles de style, elle avait tout eu… sauf l'essentiel. Mais il ne pouvait la blâmer. Au début de leur mariage, quand Lucia le caressait ou l'embrassait, il étouffait. Lui, qui avait tant désiré un peu d'affection durant son enfance, se figeait quand on l'approchait de trop près. Il devenait gauche, cassant, ne savait comment réagir…Il n'était qu'une coquille vide de tout sentiment. Comment apprendre à aimer, à être ? Si seulement sa mère lui avait laissé entrevoir un rayon d'espoir, lui avait montré un petit geste d'affection.

Son enfance refaisait surface. Il se revoyait chez son copain, Tommy. Chaque après-midi, au retour de l'école, sa mère leur préparait une collation: des gâteaux, des biscuits saupoudrés de sucre mais surtout, elle serrait Tommy dans ses bras. Lui ébouriffait les cheveux, riait. Elle passait même ses mains dans ses cheveux, à lui. Ce geste, tout simple, le remplissait d'une douceur indéfinissable, d'une agréable sensation de chaleur. Qu'il en était heureux ! La maison de Tommy semblait inondée de soleil, même les jours de pluie. Chez Antonio, tout était en ordre, tout reluisait, mais il avait toujours froid. Un mausolée !

Antonio se ressaisit. Mère a raison. Vais-je finir mes jours en ruminant sur ce qui ne sera jamais ? Tant de choses étaient demeurées trop longtemps secrètes. Des choses étranges s'étaient déroulées dans sa famille. Leur maison n'avait jamais été un foyer. Mère va-t-elle continuer à détruire ma vie même après sa mort ? Pourquoi ? En est-elle consciente ? Enfant, il avait recherché son amour et son approbation. Devenu adulte, il aurait tout donné pour lui entendre dire ces simples mots: « Je t'aime, mon fils ! » Mais le cœur de sa mère était resté muet. *Non ha senso* ! Insensé ! Toute sa vie, il avait traîné ce boulet. Les souffrances infligées au coeur d'un enfant ne s'effacent-elles donc jamais ?

La tête basse, les épaules affaissées, Antonio se dirigea vers la sortie d'un pas chancelant. En ouvrant la porte, il se trouva nez à nez avec sœur Carmella. Cette étrangère avait donc préséance sur la famille ! Elle pouvait passer ses journées et ses nuits auprès de sa mère qui daignait à peine adresser la parole à son propre fils et encore moins répondre à ses questions. D'un regard hostile, il la dévisagea et lança en s'éloignant: *«Vai al diavolo, mamma !* Allez au diable, mère ! Quelle folie ! M'imaginer que vous puissiez avoir un coeur ! »

Si Antonio avait pu voir sa mère à cet instant précis ! Anna s'était laissé tomber dans sa berceuse. Prisonnière d'elle-même, les yeux mi-clos, les traits tendus, elle avait laissé la colère et l'amertume l'envahir. Les reproches d'Antonio l'avait profondément remuée. Les souvenirs, si soigneusement enfouis dans sa mémoire, refaisaient surface : la vengeance du passé. Ils revenaient en force, malgré des efforts constants pour les chasser et surtout malgré les médicaments qui la laissaient de plus en plus amorphe. Elle les laissa émerger. Quelle ironie ! Quelle duperie avait été sa vie. Elle allait mourir en laissant derrière elle un sillon de malheurs et d'êtres brisés.

Anna se laissa choir sur son lit. La douleur lui arracha un cri. Sœur Carmella se précipita.

— Excusez mon retard. Vous avez mal ? Je vais vous donner vos médicaments.

— Non ! Je ne veux pas embrouiller mon cerveau avec ce poison. J'ai besoin d'y voir clair, d'être lucide jusqu'à la fin. Antonio est venu. Il veut tout savoir.

— Je l'ai rencontré. Complètement désemparé. Ne pensez-vous pas qu'il est temps de faire la paix ? Il n'est pas coupable. Il a été l'innocente victime d'un drame qui a débuté bien avant sa naissance. C'est un bon fils, madame Anna.

— Je sais, je sais. J'aimerais pouvoir le serrer dans mes bras, au moins une fois. Mais… j'en suis incapable. Chaque fois que je l'aperçois, je revois Benito, son père. La colère jaillit. Ma vie n'a été qu'une suite de déceptions, de lâchetés. Je suis déjà sur le chemin du retour. La fin sera la bienvenue. Elle aurait dû venir cinquante ans plus tôt. Toutes ces souffrances auraient été évitées, mais elles s'entêtent à me tourmenter.

— Pauvre madame Anna ! Vous devriez être au repos, entourée de vos enfants et petits-enfants.

— Laissez ! Ils ont fait leur choix il y a bien longtemps. Ils seront trop heureux de me savoir partie pour l'éternité. Je ne suis pour eux qu'une source de souffrance, une épine ancrée dans leur coeur. Ils avaient droit au bonheur.

— Mais non, madame Anna, ils vous aiment...

— Sœur Carmella, je vous en prie. Pas d'hypocrisie entre nous. Mes heures sont comptées. La mort me guette dans la pénombre. Aidez-moi à m'allonger. Je veux partir mais une force me pousse à déjouer la mort…pendant quelques heures…

— Il vous faut...

— Sœur Carmella, ne discutez plus mes ordres. Je vous en prie... je dois faire... Aidez-moi. Veillez sur moi.

La religieuse la souleva sans peine. Anna, autrefois si grande, si forte et si belle n'était plus que l'ombre d'elle-même.

Elle soupira. Son pauvre corps refusait de lui obéir. Il ne lui restait que peu de temps. Le spectre de la mort rôdait avec impatience, Elle aurait voulu lever le voile... pour qu'ils comprennent... pour qu'ils lui pardonnent... peut-être.

— Madame Anna, vous êtes certaine que vous ne voulez rien prendre. Il me semble que...

— Non ! Quand je n'y serai plus, dites-leur... que... que... Peut-être comprendront-ils qu'ils n'étaient responsables de rien.

Anna eut un sursaut. Les yeux au loin, elle fouilla dans sa mémoire. Tout y était.

Elle se revit dans la maison paternelle. Pouvait-elle appeler ce ramassis de pierres et de roches une maison ? Accrochée aux flancs d'une montagne, construite par un parent qui n'avait eu qu'un fils, elle était trop petite pour loger son père, sa mère et ses trois frères. Au rez-de-chaussée il y avait la cuisine avec sa grande table balafrée, entourée de huit chaises dépareillées, un poêle, une petite commode, un vaisselier et une chaise berçante. Le salon, qui ne servait qu'à de rares occasions, était d'une sobriété spartiate : une causeuse, deux chaises et une table basse. Au deuxième, au fond, à droite, la chambre de ses parents. Le reste n'était qu'un grand espace où s'entassaient les enfants. Deux de ses frères partageaient un lit double pendant que le dernier, Mario, se contentait d'une paillasse jetée sur un lit de planches mal équarries. Son coin à elle n'était qu'un cagibi délimité par une pièce de tissu cloué au plafond et pendant jusqu'au plancher. Ses frères la déchiraient « accidentellement » presque chaque semaine. Dès qu'elle avait su tenir une aiguille, elle s'était évertuée à la raccommoder de sorte qu'il n'était plus qu'un lambeau maladroitement assemblé.

Elle était née sous le nom d'Anna Maria Ventura, le 10 mai 1928, dans une petite ferme, au pied des Dolomites, dans le nord de l'Italie. La maison comptait déjà trois garçons: Marco, dix ans, Luigi, neuf ans et Mario, sept. Deux autres enfants étaient décédés en bas âge. Sa mère, que la venue de sa première fille aurait dû combler de joie, était trop épuisée pour apprécier un nouveau rejeton. Ce n'était qu'une bouche de plus à nourrir, un môme à changer ! Elle avait très peu de temps à lui consacrer. Comble de malheur, elle n'avait pas assez de lait pour la satisfaire. La petite Anna pleurait à grands cris presque sans arrêt, ce qui empoisonnait l'atmosphère, déjà tendue, de la maison.

À peine âgée de cinq ans, elle avait commencé à aider sa mère. Mettre la table, ramasser et plier le linge, donner à manger à la volaille… pas une minute de répit ! Le fardeau ne fit que s'alourdir avec les années. Débrouillarde, vive, énergique, elle essayait, sans grand succès, de garder la maison propre. Mais il y régnait constamment un désordre indescriptible. Il y avait des lunes que sa mère avait démissionné. Anna avait essayé de l'encourager. « Maman, si vous vouliez, nous pourrions mettre une boîte pour les bottines sales. Quand papa et mes frères reviendront des champs, ils les mettront dedans. Au moins le plancher restera propre plus longtemps... et puis... on pourrait ajouter des clous au mur pour accrocher le linge... et...»

— Perds pas ton temps, ma fille. Ils ne feront rien de tout ça. J'ai essayé au début. INUTILE ! Ça vaut même pas la peine d'en parler.

— Mais, maman ! On peut essayer...

— Écoute ! Arrête de t'obstiner ! Fais c'que j'te demande ! Laisse donc faire le reste !

L'attitude défaitiste de sa mère l'avait révoltée. Pourquoi n'essayait-elle pas de s'imposer. Grande, sèche, le visage blême, les traits tirés, les outrages du temps ne l'avaient pas épargnée. Constamment fatiguée, les cheveux sévèrement attachés en chignon d'où retombait toujours quelques mèches, les jambes sillonnées de varices. Un éternel tablier traînant jusqu'aux chevilles. De l'aube au coucher du soleil, elle traînait ses pieds chaussés de vieux souliers avachis. Aucun sourire ne déridait jamais son visage. Les seuls moments où Anna voyait un changement à travers cette carapace usée, c'était lorsque son père et ses frères rentraient. On les entendaient bien avant qu'ils ouvrent la porte. Leurs éclats de voix et leurs jurons les précédaient. Ils semblaient prendre plaisir à se disputer. Son père riait de leurs chamailleries. Quand il ne les trouvait plus drôles, il assénait un violent coup de poing sur la table. Le silence tombait comme un coup de hache.

Dès qu'elle percevait leur approche, sa mère se raidissait et quand ils franchissaient le seuil de la porte, son pas se précipitait. Elle s'affairait, bousculait Anna, brassait la soupe. Ils avaient à peine tiré leur chaise qu'elle remplissait les bols. Anna se demandait pourquoi sa mère ne les servait pas en rampant tant qu'elle y était. Anna les détestait tous, du premier au dernier. Elle avait une aversion particulière pour son frère aîné, Marco. Son père ? C'était lui le responsable de leurs malheurs. Grand, costaud, le torse bombé, un visage romain, un menton dictateur, le regard en coulisse, pas un geste ne lui échappait. Il s'attendait à être obéi promptement et sans rouspétance. Il était *Il Padrone !* Le patron. Il cultivait un lopin de terre, juste assez grand pour nourrir sa famille. Souvent, il travaillait chez ses voisins. Homme à tout faire, habile, fort comme un boeuf, il ne chômait jamais. Ses fils le secondaient. Ils lui ressemblaient sauf le plus jeune, Mario. Il était fier d'eux. Sa femme ? Il semblait en avoir pitié.

Sa fille, Anna, le déroutait. Sa présence dénotait dans cette maison. Belle, grande, mince, un teint de pêche, aussi clair que le leur était foncé, de grands yeux verts perçants, ombragés de longs cils noirs. Elle avait un visage ovale couronné d'une chevelure de jais, soyeuse, bouclée. Un port de reine. La langue bien déliée, sans aucun excès de langage. Elle parlait à froid, en le regardant droit dans les yeux et il sentait un léger frémissement de colère passer à la surface de ses paroles. Elle ne le craignait pas. Il lui avait déjà administré des taloches magistrales à quelques occasions, presque toujours pour des insignifiances, mais jamais, il ne lui avait arraché le moindre cri. Il en nourrissait une admiration mêlée d'orgueil et de respect. De quel miracle était-elle capable ? Elle était toujours propre, bien peignée, digne, même dans sa robe rapiécée. De la présence, de la classe, une dame en devenir, une étrangère qui s'était trompée de maison. Ses frères l'avait surnommée « *la Contessa.*»

Pourtant, elle avait tenté d'améliorer le sort de sa famille. Ils n'avaient rien voulu entendre. D'abord, elle avait installé la boîte à chaussures malgré les protestations de sa mère. Ses frères en avait ri et son père lui avait instantanément fait comprendre qu'il fallait oublier ses idées de grandeur.

— Mais, papa, maman est fatiguée. On n'arrête pas de laver le plancher et il est toujours sale. Vos bottes sont souvent pleines de terre.

— Ma fille, ta mère est née fatiguée. Toi, commence pas la bisbille ! Aide-là puis tais-toi. *Capito !* Compris !

Marco avait alors mis Mario, le plus jeune, dans la boîte et l'avait promené autour de la table. Les mains sur les hanches, elle les avait regardés en murmurant: «Imbéciles heureux ! »

Un jour, elle avait demandé qu'ils se lavent les mains avant de passer à table. Un tremblement de terre ne les aurait pas plus secoués.

— Mais as-tu perdu la tête, *Contessa* ? On n'est pas dans un château. On est des fermiers. On se passe les mains sous la pompe dehors. De plus, on mange pas avec nos mains. On a des ustensiles. *Lento* ! Prends ça calmement !

Sa mère avait vainement insisté pour la convaincre de ne pas faire de vagues, mais elle s'entêtait.

— Ils dégagent une odeur rance, ils puent comme des cochons ! Ils ne se lavent pas assez souvent.

— Ma fille, les hommes sont tous des cochons. Dès la naissance, il faut les servir. Plus ils vieillissent, pire c'est ! Ils vous déchirent le corps et ils vous déchirent le coeur. Ils ne pensent qu'à eux, à leurs plaisirs.

— Pourtant, ils travaillent fort, tous les jours...

— Faut bien ! Ils nous font des enfants tous les ans. Alors, il faut qu'ils s'éreintent pour les nourrir. Certains hommes n'ont pas assez d'une femme. Ils couraillent avec des catins.

— Pas papa ?

— Laisse faire. T'es trop jeune pour comprendre... Un jour... Ça viendra assez vite. Méfie-toi des garçons. Sinon, tu le regretteras.

Anna ne comprenait pas ce que sa mère voulait dire, mais elle savait déjà qu'elle devait se tenir loin d'eux. Très jeune, elle avait vu les animaux s'accoupler. La première fois que le boeuf avait monté la noire sous ses yeux, elle avait couru chercher sa mère.

— Maman, viens vite, le bœuf va faire mal à la vache.

Quand sa mère était sortie, elle avait haussé les épaules en lui disant: «Mais non, *stupido, idiote,* c'est normal, dérange-moi plus avec tes balivernes.»

Ses frères l'avaient taquinée sans merci. Ils avaient ri à gorge déployée. Leurs remarques grivoises l'avaient blessée. Comme ils étaient vulgaires !

— Attends un peu. Tu vas vieillir. Tu verras que ça fait pas mal. Les vaches aiment ça. Les filles aussi.

Elle était devenue toute rouge, sans savoir pourquoi. Un malaise indéfinissable avait parcouru son corps. Elle leur avait crié:

«Vous êtes des cochons ! »

— Ah oui ! On est des cochons ? Regardez-moi ça ! Elle nous traite de cochons ! Attends que je t'attrape !

D'une enjambée, Marco l'avait attrapée, l'avait soulevée de terre, avait baissé sa culotte en disant à ses frères: «On pourrait s'amuser un peu.»

Joignant le geste à la parole il s'était frotté contre son pubis. Ce geste ignoble avait arraché un tel hurlement à Anna qu'il l'avait laissée tomber. Elle s'était enfuie. Elle courait très vite, trébuchait, se relevait, poussée par l'horreur qui l'étouffait et crispait son visage. Les larmes coulaient sur ses joues. L'angoisse l'écrasa. Les épaules secouées de sanglots, elle s'était réfugiée dans son petit cagibi. Leurs rires l'avaient poursuivie jusque sous son lit où elle s'était blottie. Malgré les appels répétés de sa mère, elle y était restée.

Les cochons ! Des vautours guettant leur proie ! Même aujourd'hui elle ressentait pour eux la plus profonde aversion. Ce n'était pas la première fois qu'ils la tourmentaient. À la moindre occasion, dès qu'elle se trouvait seule, ils surgissaient, lui pinçaient les fesses, essayaient de baisser sa culotte, se frottaient contre elle. Quand elle s'en était plainte à sa mère, celle-ci l'avait renvoyée d'une taloche.

— Ils veulent juste jouer, puis… tu veux jamais.

Interloquée, dépitée, elle avait lancée: «Ce n'est pas jouer qu'ils veulent, c'est me tâter le... me tripoter.»

— Assez ! Fais pas attention ! Ils te laisseront tranquille.

— Me laisser faire, maman ?

Avait-elle bien entendu ? Sa mère ne comprenait donc rien. Elle ne voyait pas que sa fille était constamment sur le qui-vive ?

L'année de ses neufs ans, un soir, alors qu'elle était déjà couchée, ils l'avaient appelée. «Anna, *vieni qui !* Viens ici ! On s'est blessé. On s'est fait mal ! Viens voir la grosse bosse. Viens vite, sinon on va réveiller papa.»

Totalement inconsciente de leurs machinations perverses, elle s'était précipitée. La tirant par le bras Marco avait murmuré:

«Regarde ! Regarde, Anna ! Ahhhhhh ! Ça fait maaaal ! »

Dès qu'elle s'était penchée pour regarder, Marco et Luigi avaient repoussé brusquement leurs couvertures. Tous deux étaient en érection. Devant ces horreurs de chair veinée, violacée, qu'ils s'amusaient à remuer de bas en haut, elle était restée figée sur place.

— Aïe ! Ça fait mal ! Touche ! C'est enflé ! *Che dolore !*

Quelle douleur !

Seul Mario ne s'était pas exposé, il était resté silencieux. Le dégoût, la colère avaient bouleversé tous les sens d'Anna. Cachée sous ses couvertures, roulée en position foetale, couverte de honte, le poids de sa douleur la suffoquait. « Il saigne, mon coeur, avait-elle pensé, je vais mourir.» Le sommeil ne la gagna qu'aux petites heures du matin. Suite à cet incident, elle s'était tenue sur ses gardes. Eux avaient continué de la « tripoter», quand ils savaient pouvoir s'esquiver.

Le soir, ils chuchotaient: «*Contessa*, ça fait mal ! Viens voir, tu vas aimer ça. » Des mois plus tard, elle venait d'avoir dix ans, au moment où elle se glissait dans son lit, deux mains l'avaient tirée sous les couvertures pendant qu'une autre lui couvrait la bouche. Marco et Luigi étaient nus. Ils lui donnaient des petits becs partout, partout. Elle s'était débattue avec l'énergie du désespoir.

— Chut ! Chut ! On te fera pas mal ! Reste tranquille ! On t'aime ! Tu vois ! On t'donne des becs !

Pendant que Luigi appuyait sa main sur sa bouche, elle l'avait mordu jusqu'à l'os. Il avait lancé un juron si retentissant que son père avait crié: «Qu'est-ce qui se passe ? » Tous deux avaient quitté le lit d'Anna et sauté dans le leur en moins de deux.

— Tu vas me payer ça, *Contessa*. La prochaine fois...

— La prochaine fois, j'te tuerai, gros cochon. *Ti strozzere !* Je t'égorgerai !

Le lendemain, Luigi, avait tenté de cacher une poupée tachée de sang. La mine renfrognée, il lui jetait des regards meurtriers qu'elle lui rendait bien.

— Qu'est-ce que tu t'es fait au doigt ? avait tonné son père au petit déjeuner.

— Rien ! J'me suis accroché sur un clou près du lit.

— Il est venu dans mon lit, lui et Marco. Ils voulaient me...« tripoter »… alors je l'ai mordu. La prochaine fois j'le tuerai avec un couteau !

Un silence de mort était descendu dans la cuisine. Sa mère retenait sa respiration. Le morceau de pain que son père portait à la bouche s'immobilisa à mi-chemin. Il resta la bouche ouverte, estomaqué par sa violence et sa détermination. Il la toisa du regard. Les yeux d'Anna lançaient des éclairs et son corps était rigide.

— *Contessa !*

Il l'avait tirée par le chignon, l'avait regardée longuement. Elle avait soutenu son regard.

— Tu tueras personne. J'ai besoin d'eux.

— S'ils recommencent, je les tuerai !

Elle avait du cran, mais il ne permettrait jamais qu'une femme le défie ouvertement dans sa maison. Il l'avait secouée si fort qu'elle s'était écrasée comme une marionnette désarticulée. Abasourdie, elle s'était relevée lentement et s'était plantée debout devant lui, droite comme un I. Ses yeux, brillants de colère, le foudroyait. Il sentit qu'elle était prête à tout plutôt que de céder et son coeur se serra.

— Assieds-toi, fillette. Femme, tu l'savais toi que tes gars essayaient de la toucher ?

— Ils veulent juste... jouer, c'est elle...

— *Giocare ?* Jouer ?

Son poing rencontra la table avec une telle force que les assiettes s'entrechoquèrent.

— Ma parole Maria, tu fais semblant de ne rien comprendre ou t'as complètement perdu la boule. Ils vont dans son lit, essaie de la tripoter et tu dis qu'ils veulent jouer ? Ta fille ! Tu devrais veiller sur elle, la protéger !

Se tournant vers ses fils, il les dévisagea. Ils respiraient à peine.

— Si jamais un de vous la touche, que le bon Dieu vous protège. Amusez-vous avec des filles de votre âge. Si vous pouvez pas vous retenir, faites comme les animaux.

Comme des animaux ? Un nœud dans la gorge, le bandeau arraché des yeux, Anna pensa avoir mal compris. Son père ne pouvait pas penser ainsi. Pourtant, si ! Une lueur amusée dansait dans ses yeux. Il riait sous cape. Sous le choc, son sang n'avait fait qu'un tour. Se pouvait-il qu'il soit l'auteur de ses jours ? Et sa mère ? Cette ombre aux reins souples ! Anna aurait voulu les rayer tous de la surface de la terre. Ses frères la fixaient avec animosité. Ils se tiendraient tranquilles pour un moment, mais elle ne l'emporterait pas en paradis.

Dès lors, une décision irrévocable s'était installée dans son esprit. Même s'il fallait remuer ciel et terre, elle quitterait cette maison. Épouser un de ces culs-terreux vicieux ? Jamais ! Sa décision bien arrêtée, elle se sentit mieux. En attendant, elle aurait la paix. Pour un temps ! À partir de ce jour toute son énergie serait consacrée à atteindre son objectif. Rien, ni personne, ne pourrait l'en empêcher.

Aussitôt les hommes partis au champ, sa mère l'avait apostrophée.

— Mademoiselle se croit sortie de la cuisse de Jupiter ! Mademoiselle se permet de dénoncer ses frères ! Tu mériterais une bonne fessée.

— Mais, maman, ils voulaient...vous savez...ils voulaient...

Un sanglot se brisa dans sa gorge, son petit corps trembla et de grosses larmes tombèrent sur sa robe comme des taches d'encre sur un papier buvard.

— Si tu passais pas ton temps à te laver, à te peigner, à faire des manières, Mme la Comtesse, tes frères seraient moins portés sur... la chose. Tu le fais exprès !

Incrédule, elle regarda sa mère. Blessée d'avoir été apostrophée par son mari, elle déversait sa bile sur sa fille. Elle n'avait donc rien d'humain. Lui faire porter l'odieux de la situation ! Elle ne voulait pas le croire ! Mieux valait mourir que vivre dans cet enfer !

— J't'ai dis que les hommes sont des cochons. J'espère que tu me crois maintenant. D'ailleurs, Marco va se marier bientôt, il ne sera plus ici.

— Bon débarras ! J'plains la pauvre Louisa.

— Marco est un bon travaillant. Il saura la faire vivre.

Anna jugea bon de ne pas préciser sa pensée. Marco était colérique, peu respectueux envers les femmes, un vicieux qui ne pensait qu'au sexe. Il prenait son plaisir où il le pouvait. Elle l'avait surpris dans la grange avec Louisa. Il voulait... mais Louisa refusait. Elle pleurait. Lui riait. *Che rompi scatole !* Quel écoeurant !

— Voyons, Louisa, on s'aime, on va se marier. Quand j'te vois, t'es assez belle que j'ai envie de toi. Puis, t'aime ça toi aussi.

Un cochon fleurant une truffe ! Louisa, la nouille, avait susurré « oui » à travers ses larmes. Anna s'était échappée sans révéler sa présence. Ce mariage ne viendrait jamais assez vite.

La vaisselle terminée, elle s'était rendue dans la remise. En fouillant dans une vieille boîte à outils, elle était tombée sur un long couteau rouillé. La lame était émoussée mais encore tranchante. Elle l'avait nettoyée, frottée puis cachée sous son oreiller. Ses frères pouvaient venir. Elle les attendrait... et frapperait de toutes ses forces. Le soir venu, elle s'était lavée et mise au lit très tôt. Quand les autres montèrent, elle fit semblant de dormir. Son père s'était arrêté, avait fixé ses fils : «Si un de vous bouge, je lui casse les deux jambes.»

Ils étaient restés cois mais elle les avait entendu chuchoter.

— *Contessa*, tu vas nous payer ça !

Le couteau sous son oreiller et l'admonition de son père l'avait rendue brave. Elle leur tira la langue, se recroquevilla dans sa couverture et s'endormit.

Le lendemain matin, un grand frisson la réveilla et la tira de sa torpeur. Elle ne resta pas au lit. Furtivement, elle se glissa à l'extérieur. Un vieux châle sur les épaules pour se protéger du crachin matinal, elle s'allongea sous un arbre. La maison était froide, ouverte à tous les vents, humide. Construite dans une cuvette, un rideau de brume l'enveloppait. Chaque fois qu'Anna pointait le nez dehors à l'aube, il lui semblait qu'ils vivaient tous en dehors du temps, prisonniers d'une planète déserte. Le brouillard ne permettait de distinguer que la silhouette d'une bâtisse délabrée. Ce n'était que vers le milieu de l'avant-midi que le voile se levait. La vallée flottait alors dans la lumière. On pouvait apercevoir le flanc des montagnes, les cultures en étages, les voisins au loin.

Pendant la belle saison, le ciel était d'un bleu éblouissant, la nature était tout sourire, la vie éclatait, la terre renaissait. Anna éprouvait toujours un vrai ravissement en contemplant la majesté des montagnes, la cime des à-pics s'élançant vers l'infini. C'était un baume pour son pauvre coeur blessé. La vie aurait pu être si belle. Si seulement sa mère se tenait debout… si ses frères étaient plus respectueux… si son père…

Mille pensées se bousculaient dans sa tête. Certaines choses la rendaient perplexe. Pourquoi son père semblait-il si heureux, si doux au champ et si aigri, si cruel dès qu'il franchissait le seuil de la maison. À l'extérieur, il chantonnait. Avec les voisins, il était un tout autre homme. Mais c'était surtout quand il retrouvait sa famille que la métamorphose était complète.

Chaque été, Anna voyait arriver ses grands-parents paternels avec un bonheur renouvelé. Sa grand-mère s'avançait vers son père d'un air ravi, le regardait tendrement et le serrait dans ses bras: « *Gino, mio figlio !* mon fils ! » Son père la soulevait de terre en riant aux éclats: « *Cara mamma, sei sempre tanto bella !* (Chère maman, t'es toujours aussi belle ! » Le bonheur transfigurait son visage. Puis, il se dirigeait vers son père qu'il étreignait fougueusement. Il était tout aussi chaleureux avec son frère, sa belle-sœur et leurs deux gamins. Mais, quand il apercevait sa sœur, Celia, sa joie éclatait. Elle était religieuse au couvent des Suore del Buon Pastore, Sœurs du Bon Pasteur, et il l'adorait. Non pas par admiration pour l'habit qu'elle portait, mais parce qu'elle l'avait soigné toute l'année de ses huit ans, alors qu'il était malade. Depuis, il lui vouait une reconnaissance sans borne.

Avec les siens, il devenait un tout autre homme. Ils formaient une authentique famille italienne, comme celles qu'elle connaitrait plus tard. Chaleureuses, enjouées, parlant, gesticulant, s'entraidant. Quand elle regardait son père si rieur, si exubérant avec ses parents, elle l'aimait presque.

Sa grand-mère n'arrivait jamais les mains vides. Casseroles de sauces appétissantes, viandes tendres parfaitement assaisonnées, poivrons farcis, salades et desserts à faire damner les abstinents les plus convaincus. Un arôme délectable se répandait dans toute la maison. Elle s'occupait de tout, insistait pour que sa belle-fille se repose.

— Asseyez-vous ! Nous allons nous occuper de tout. *Povera ragazza !* Pauvre fille ! Vous semblez fatiguée.

Sa mère était une piètre cuisinière. Quand elle voyait arriver sa belle-famille, elle s'agitait dans tous les sens. Un poulet sans tête ! Elle les détestait tous, abhorrait leur gaieté, leur joie de vivre. Elle se faisait tout miel en s'excusant : «Vous savez j'ai tellement à faire. Je suis seule. Anna m'aide si peu. Elle est trop jeune. »

Son père sortait le vin, s'empressait auprès de chacun. À table, il s'asseyait entre son père et sa mère. La table débordait, le vin coulait. On mangeait, on échangeait. En cet été 1940, l'Italie était déjà en guerre depuis un an. Sous la dictature de Mussolini, elle s'était rangée aux côtés de l'Allemagne malgré la réprobation de la majorité des Italiens, et, autour de la table, les discussions allaient bon train.

Anna avait une parfaite réminiscence de cette journée, c'était celle qui avait suivi « l'agression » de Marco et de Luigi. Dès le début du repas, sa grand-mère avait averti sa famille qu'elle ne voulait pas entendre parler de la guerre.

— J'veux qu'on mange, qu'on jase, qu'on rie ! On vient si peu souvent ! Qu'on en profite pour se parler, se regarder, être heureux. J'suis tellement contente de voir mon Gino et sa famille !

— Tout ce que tu voudras *cara bella mamma,* chère belle maman. Levons nos verres et fêtons.

La conversation avait repris. Les anecdotes, les plaisanteries, s'enchaînaient. On se taquinait. Tous avaient la langue bien pendue. Soeur Célia avait une préférence non dissimulée pour Anna. Elle devinait sa vulnérabilité tout en admirant sa force de caractère. Elle s'arrangeait toujours pour s'entretenir avec elle en tête à tête. À ce repas, Anna avait à peine touché aux mets. Une seule chose l'intéressait : se retrouver enfin seule avec sa tante. La vaisselle terminée elle s'était avancée vers elle et lui avait tendu la main. Sans un regard pour les autres, elles étaient sorties se promener.

— Est-ce que ça va, Anna ? Tu es heureuse ? Tu réussis toujours aussi bien à l'école ?

— Oui, ma tante. Je suis toujours première. Il n'y a qu'en religion où je n'ai pas 100 %.

— Pourquoi ? Qu'est-ce que tu ne comprends pas ?

— C'est... c'est difficile à expliquer. On dit que le bon Dieu est bon..., qu'il faut pardonner..., toujours pardonner à ceux qui nous font du mal.... et, d'une voix à peine audible, j'peux pas... j'veux pas...

Interloquée sa tante s'était arrêtée, l'avait attirée vers elle.

— Pauvre petite ! Qu'est-ce que tu as de si grave à pardonner ? Un ange comme toi…si vaillante, si droite !

Son doux regard de madone fixait tendrement sa nièce. Le dos courbé sous le poids de la tristesse, Anna laissait de grosses larmes couler librement sur son beau visage.

— Ma chérie, tu sais que tu peux tout me dire. Tu peux me faire confiance. Je serai muette !

Meurtrie, la voix entrecoupée de sanglots, Anna murmura :

« È troppo brutto ! C'est trop laid ! »

— Doux Jésus ! Est-ce qu'on t'a fait quelque chose ? Parle Anna. Je ferai tout en mon pouvoir pour te protéger.

— Mes frères... surtout Marco et Luigi.

— Est-ce qu'ils ont... t'ont-ils ?...

— Presque ! Ils ne se gênent pas pour me toucher. J'ai presque coupé le doigt de Luigi avec mes dents. La prochaine fois, je le tuerai ! Il était dans mon lit avec Marco. Mais là, j'ai caché un couteau sous mon oreiller.

Anna tremblait de colère et d'indignation. Sœur Célia sursauta. Son sang se figea. Quel drame !

— Est-ce que ta mère et ton père…?

—Oui ! Papa a dit qu'il leur briserait les jambes s'ils recommençaient. Ils font plus attention mais ils vont essayer encore.

— Je connais bien ton père. Ce n'est pas un méchant homme. Il est parfois frustré mais c'est... Et ta mère ?

— Elle était fâchée contre moi. Elle a dit que c'était de ma faute et que tous les hommes étaient des cochons.

— Anna ! Ne dis jamais de pareilles bêtises. La plupart des hommes sont bons. Ta mère est une brave femme mais elle est fatiguée... Ses paroles dépassent parfois sa pensée. Fais confiance à ton père. Il te protégera. J'y veillerai.

— N'allez surtout pas lui dire. Il serait trop en colère.

— Ne crains rien petite. Tu as confiance en moi ?

— Ah oui ! Et je vous aime tant.

— Écoute. J'ai une idée. Tu es en vacances. Aimerais-tu venir passer une semaine avec moi, au couvent ?

— Au couvent ? Oui ! Oui ! Mais mon père voudra jamais et ma mère, encore moins. Je l'aide du matin au soir. C'est inutile ! Elle voudra pas.

— Je me charge de ton père. Puis, avec un petit rire entendu : lui se chargera de convaincre ta mère. Tu vas voir !

Anna lui sauta au cou. Une lueur d'extase dansait dans ses yeux.

Tout s'était passé comme sa tante l'avait promis. Célia était allée retrouver les hommes et s'était arrangée pour s'entretenir seule à seul avec son frère.

Au souper, celui-ci avait annoncé, tout bonnement, qu'Anna partait passer une semaine au couvent avec sœur Célia. La lippe boudeuse, sa mère avait tenté de protester. Son père avait coupé court à ses jérémiades.

— Ça va lui faire du bien, le calme, la prière. Elle en a besoin. Tu verras ! Elle sera contente de revenir.

Anna l'aurait embrassé. Suffocant de joie, elle s'était contentée de murmurer : «*Grazie, papà !* Merci, papa ! »

Elle n'avait pas oublié un seul détail de cette semaine passée au couvent. D'abord, dès leur arrivée sœur Célia l'avait présentée à la Mère supérieure. Surprise, cette dernière lui avait demandé de rester à l'écart pendant qu'elle s'entretenait avec sa tante dans son bureau. Inquiète, Anna avait tendu l'oreille. Pourvu que la Mère supérieure ne la fasse pas retourner chez elle. Les seuls mots qu'elle avait captés étaient : « sauver son âme » et « protéger sa vertu». Ensuite, elles étaient sorties.

La Mère supérieure l'avait alors serrée dans ses bras.

— Je suis très contente que tu sois venue, Anna. Quelques religieuses sont en vacances. Tu vas avoir la chambre privée juste à côté de celle de ta tante. Repose-toi. Si tu as besoin de quoi que ce soit, ne te gêne pas.

— Ah merci, merci ! Je ne dérangerai personne, certain, certain. J'sais travailler ! J'ai déjà douze ans !

— Amuse-toi, ma petite ! À ton âge il faut jouer. Tu verras que tu vas être bien ici. Va avec ta tante. Elle va te servir à souper.

Elles étaient parties, main dans la main. Sa tante semblait glisser sur le plancher, tant ses pas étaient silencieux. Anna flottait. Tout était si propre. Les planchers reluisaient, les meubles brillaient, pas une tache ne défigurait les murs. Une atmosphère de paix les enveloppait.

Anna n'avait pas assez d'yeux pour tout voir. Les religieuses qu'elle rencontrait s'arrêtaient pour lui dire bonjour, lui caresser les joues. Toutes semblaient contentes de la voir. Sœur Célia servit un potage, du pain, du fromage et un gros morceau de gâteau au chocolat. Que c'était bon ! Seule dans le petit réfectoire, avec sa tante adorée, Anna avait parlé, parlé, ri, tout en dévorant à belles dents. Tout son être s'épanouissait.

— C'est le meilleur repas que j'ai jamais mangé. Merci, ma tante. Vous le regretterez pas. J'vais être fine. C'est si propre. Ça sent propre. J'aime ça. Est-ce qu'il y a beaucoup de personnes ici ? Des étudiantes ?

— Une centaine, y compris les religieuses, mais il n'y a pas d'hommes.

— Tant mieux ! Ça doit être le paradis. Comment on fait pour rester ici ? Est-ce que ça coûte cher ?

— Nous cultivons la terre, nous avons quelques animaux domestiques, des volailles. Les étudiantes paient un montant chaque mois. Toutes les religieuses travaillent, tout en priant et en servant Dieu.

— Alors, j'veux rester ; j'travaillerai et je servirai Dieu.

— Anna, pour devenir religieuse il faut être appelé par le Seigneur.

— Appelé par le Seigneur ? Comment on fait ? Il faut que j'attende qu'Il m'appelle ? Moi, j'pourrais pas l'appeler en premier ?

Émue devant tant de naïveté, sa tante avait bien ri.

— Anna, être appelé par Dieu veut dire que parfois, certaines personnes sentent comme un besoin de donner leur vie à Dieu. On dit qu'elles sentent comme un appel. Elles quittent alors leur famille et vivent ici au couvent.

— J'aimerais ça vivre au couvent, j'serais heureuse.

— Écoute, Anna. Ce n'est pas toujours facile. On ne sort presque jamais. Levées très tôt, on prie beaucoup. On travaille fort. Il faut aussi s'entendre avec les autres religieuses. On voit rarement notre famille.... Au début, tous les cinq ans.

— Moi, ça ne me dérangerait pas ! La sainte paix ! Et puis vous êtes heureuse ici, ma tante ?

— Oui, ma chère Anna, je suis très heureuse, j'ai donné ma vie au Seigneur, j'essaie d'être bonne, charitable...

— Puis vous êtes bonne !

— J'essaie, mais ce n'est pas toujours facile.

— Il faut aimer beaucoup Dieu, hein, ma tante ?

— Oui, plus que tout...

— Et il faut pardonner...*anche le cattivi ?* même les méchants ?

— Oui, Anna, surtout les méchants.

— Peut-être, si j'suis certaine de ne jamais les voir... peut-être que... j'pourrais pardonner...

— On ne fait pas de marchandage avec le Seigneur. On lui offre notre vie, nos joies, nos souffrances, sans rien demander en retour. Mais assez pour aujourd'hui. Viens, ma petite. La journée a été longue. Il faut te reposer. Ta chambre t'attend.

Sa chambre ! Une chambre pour elle toute seule, fermée avec une vraie porte. Quel bonheur ! Un lit simple, une chaise, une commode, le tout immaculé. Anna croyait rêver. Et le silence. Un silence comme un chant qui parlait de paix, d'amour, d'ordre et de respect. Allongée sur son lit, emportée par une vague d'espoir, elle réfléchissait. Elle serait religieuse ! Elle n'était pas particulièrement pieuse mais elle ferait un effort. S'il fallait pardonner, elle le ferait... à condition que... Elle promettrait tout ce qu'on voudrait. Dans sa tête, une chose était claire : le couvent était sa planche de salut. D'ici un an, au plus deux, elle quitterait la maison et continuerait ses études au couvent. Cette décision bien arrêtée, elle se sentit mieux. Plus que deux années ! Sa tante serait facile à convaincre et se chargerait de persuader son père. D'ici là, Anna saurait se protéger de ses frères.

Rassérénée, elle s'endormit. La semaine passa comme un rêve. Elle accompagna sa tante partout. Habituée à besogner fort, elle mit tout son coeur et toute son énergie à rendre service. Les religieuses en furent émerveillées. Elle resta à genoux plus longtemps qu'elles, chanta comme un pinson, les imita en effleurant le parquet d'un pas léger, baissa les yeux tout en observant chaque détail. On aurait cru voir un ange passer. Le temps s'était arrêté en douceur. Malheureusement, il reprit ses droits et la semaine prit fin.

— Déjà ? C'est impossible ! Je viens d'arriver.

Les jours s'étaient envolés comme un courant d'air. Son oncle vint la chercher. Les religieuses l'embrassèrent. La Mère supérieure lui affirma qu'elle était enchantée de sa visite et l'invita même à revenir.

— Mon enfant, les portes du couvent vous seront toujours ouvertes.

— Merci ! Merci ! J'ai été si heureuse ici. J'suis certaine de vouloir revenir. On est si bien.

— Que Dieu vous protège, Anna. Vous avez fait honneur à votre tante.

Le coeur gros, elle était partie tête baissée, comme un condamné que l'on envoie à l'échafaud. Son oncle l'avait questionnée mais elle ne lui avait répondu que par monosyllabes. Son coeur s'arrêta lorsqu'elle revit la maison. Comme le couvent était loin. Sa bravoure et sa détermination s'amenuisaient.

Elle ne fut pas accueillie à bras ouverts et son bonheur s'éteignit dès qu'elle eut franchi le seuil de la porte. Sa mère l'interpella.

— On s'est payé une belle vacance ? On a eu du bon temps ? Eh bien ! Va falloir mettre les bouchées doubles, parce que je suis à bout. Vois-tu, ma fille, personne ne pense jamais à m'en offrir des vacances. Alors, va mettre tes nippes et viens m'aider.

Pas un mot de bienvenue, pas une question sur la semaine passée au couvent. Anna avait monté l'escalier à contrecœur et avait enfilé sa « robe de misère ». Que la maison était petite et malpropre. Encore bien plus qu'à son départ. Elle se mit au travail. Sa conviction qu'elle quitterait cette maison dans un avenir rapproché redoubla son énergie. En un temps record, les frusques furent accrochées, le plancher balayé et la vaisselle lavée. Au souper, son père avait remarqué : « Ça paraît que t'es arrivée ! Ça a bien été avec ta tante ? »

— Ah oui ! Elle est si fine, si bonne.

Son père avait souri mais sa mère avait repris avec hargne : « Facile pour elle. Elle a pas de mari pis d'enfants. Elle a juste à s'occuper d'elle-même, de sa bonté ! »

Quand elle s'était offerte à faire la vaisselle seule, sa mère s'était un peu radoucie. Ses frères avaient feint de l'ignorer mais elle n'était pas dupe.

Au coucher elle avait trouvé des roches et une souris morte sous son oreiller. Le message était clair. Ils l'avaient à l'oeil. Son couteau était toujours là où elle l'avait laissé, dans la fente au bas du mur. Rassurée, elle l'avait remis sous son oreiller.

La dernière fin de semaine d'août, c'était fête au village. Chaque année les paysans se rencontraient pour le pique-nique annuel. Tous, petits et grands, y trouvaient leur compte. On organisait des compétitions, les musiciens faisaient danser jeunes et vieux. Chacun apportait des victuailles et mettait ses plus beaux atours. C'était l'occasion d'oublier le dur labeur quotidien et de fraterniser dans la détente et dans la joie. Malgré la guerre, les villageois avaient décidé de poursuivre la tradition. Il y aurait moins de nourriture, mais ils compenseraient par la musique, les jeux et la bonne humeur.

Marco avait été exempté de son service militaire parce qu'il s'était marié le mois précédent. Anna s'était dit qu'il était trop lâche pour servir son pays mais elle gardait cette pensée pour elle seule. Luigi n'avait pas eu de veine, il avait été mobilisé et sa mère traînait un air d'abattement continuel pendant qu'il se pavanait fièrement dans son uniforme.

— Toutes les filles me courent après. J'peux en avoir une nouvelle chaque soir. Puis, avec un rire satisfait : «C'est un bien gros sacrifice ! »

— Ça prouve à quel point certaines filles peuvent être folles !

— T'es trop jeune pour comprendre, Anna. Tu vas vieillir et tu feras comme elles.

— Courir après un gars ! Moi ? Jamais !

Sa mère était pâmée d'admiration devant Luigi : «C'est vrai qu'il est beau garçon, mon fils. Il nous fait honneur ! Pourvu qu'il ne soit pas envoyé au front ! »

— Son père avait répliqué : « Attends un peu qu'il y aille ! On verra s'il a des couilles ! Là, il fait le paon, c'est pas bien difficile ! »

— T'es jaloux de ton fils ?

— Pauvre femme ! Que de sottises tu peux dire dans une journée ! *Irreale !* Irréel ! Sors de ton apathie et prépare tout, nous allons au pique-nique. J'ai besoin de voir des gens vivants !

La famille d'Anna avait donc rejoint celle de leurs voisins, les Scarafo qui avaient cinq enfants. M. Scarafo et son père s'entendaient comme larrons en foire. M. Scarafo s'occupait de rénovation et de construction. C'était une « grosse légume». Présent partout, dans le bâtiment, les routes, la politique, il semblait avoir une cuillère dans chaque pot et les brasser toutes en même temps. Sa maison était la plus cossue de toute la région. Ses enfants : Georgio, Nicolas et Juliana étaient mariés et demeuraient près de leurs parents. Ils secondaient leur père sauf Benito qui n'avait que quinze ans et la petite dernière, Elsa qui n'en avait que huit.

Mme Scarafo était joviale, fine, aimable. Débordante d'énergie, sa maison était invitante. Un bon plat mijotait toujours sur le feu. Corpulente, bien mise, elle adorait son mari et ses enfants. Ils le lui rendaient bien. Il n'était pas rare de la voir participer à leurs jeux. Aimée de tous, elle ensoleillait la maison. Les femmes recherchaient sa compagnie. La mère d'Anna ne faisait pas exception. Mme Scarafo écoutait patiemment ses doléances. Pas un reproche ne sortait de sa bouche.

Benito était beau comme un dieu romain. Intelligent, dévoué, il était l'orgueil de ses parents : « Tout le portrait de son père ! » s'exclamait fièrement sa mère. Chaque fois que Benito croisait Anna, une lueur dansait dans ses yeux. Il s'arrangeait pour lui faire un brin de causette. Poli, jamais d'écart de langage, un tantinet arrogant, il avait jeté son dévolu sur elle. Durant le pique-nique, pendant que les autres s'amusaient, il avait entraîné Anna vers un vieux kiosque abandonné. Au début, elle avait refusé de le suivre mais il avait insisté avec tant de gentillesse qu'elle avait fini par céder. Et là, assis côte à côte, il lui avait déclaré son amour.

— Anna, j'ai quelque chose de très important à te demander. Mais… ça doit rester entre nous. Jure-moi que tu n'en parleras à personne.

— À qui penses-tu que j'le dirais ? Puis j'sais même pas c'que tu veux me dire.

— J'viens d'avoir quinze ans. Toi, douze ! J'sais c'que j'veux faire plus tard et rien, ni personne ne me fera changer d'avis.

— Moi aussi j'sais c'que j'veux faire.

— Anna, t'es la plus belle fille que j'connaisse, la plus intelligente. Puis… j't'aime depuis plus de trois ans.

— Non, Benito, ça s'peut pas ! Tu penses que tu m'aimes.

— Anna, écoute-moi ! Dans trois ans, juste avant mes dix-huit ans, j'm'en vais retrouver mon oncle, Edouardo, au Canada. Il travaille dans la construction et il gagne beaucoup d'argent. Moi aussi j'vais en gagner. Plus tard, j'vais venir te chercher et on va s'marier, ma belle.

En prononçant ces mots, il avait passé ses bras autour de sa taille et l'avait attirée à lui. Elle s'était détachée de lui tellement vite qu'il était tombé à la renverse.

— Benito, t'es fou ! J'me marierai jamais ! Moi aussi j'sais ce que j'veux. Moi non plus j'changerai jamais d'idée !

— *Non mi ami ?* Tu m'aimes pas !

C'était plus une constatation qu'une question. Il ne pouvait y croire. Il devait avoir mal entendu. Surpris, blessé dans son orgueil, il semblait sur le point de pleurer.

— Est-ce que t'aimes quelqu'un d'autre ?

— Tu divagues, quoi ? Non ! J'veux pas m'marier, c'est tout !

— Anna, t'es jeune encore, tu vas vieillir...

— Ça changera rien, Benito !

Vexé de son insistance à nier l'évidence mais craignant qu'elle ne se mette en colère ou se moque de lui, Benito lui offrit un sourire. La colère faisait briller les yeux d'Anna. Elle était encore plus belle. Elle changerait d'avis. Il y veillerait.

— Anna j'sais que tu veux pas comprendre mais j'sais aussi que j't'aime... et t'es la fille pour moi...

— Assez ! Benito ! Si tu veux rester mon ami, oublie ça. Retournons à la fête.

— Ok ! Ok ! Anna, j't'en parlerai plus !

L'oublier ? Jamais. Il ne ferait aucun effort pour essayer. Un jour, ils se marieraient. C'était écrit dans le ciel. Pourtant, la déclaration de Benito n'avait fait que renforcer la décision d'Anna d'entrer au couvent. Se marier ? Coucher avec un homme ? Se faire peloter... Jamais ! Le simple fait d'y penser lui donnait un haut-le-cœur. S'il croyait qu'il réussirait à la faire changer d'avis, il en serait quitte pour un réveil brutal.

Deux années s'étaient écoulées depuis la déclaration de Benito. Anna les avait courageusement subies. On était en 1942, la guerre durait depuis bientôt trois ans. Certaines denrées étaient plus rares mais la famille se contentait de peu et ne se plaignait pas. À l'école et à la maison, Anna avait redoublé d'ardeur. Son père n'avait plus rien trouvé à redire. Même sa mère l'avait félicitée... une fois :

— Anna, une chance que t'es là. J'sais pas ce que je ferais sans toi.

Son frère Luigi l'avait laissée en paix pendant un moment. Il avait des blondes mais elles ne devaient pas le satisfaire et il avait recommencé à la peloter. Il faisait patte de velours devant son père mais chaque fois qu'il savait pouvoir la trouver seule, même un bref instant, ses mains étaient partout et il l'accablait de ses ses remarques vulgaires. Une colère viscérale étreignait Anna et elle se défendait avec férocité. Elle frappait fort et juste. Cependant, ces assauts la bouleversaient. Quelque fois, n'en pouvant plus, elle se réfugiait dans la remise. Ployant sous la tristesse, elle pleurait toutes les larmes de son corps. Se marier ? Se faire « tripoter » par un homme ? Jamais ! Plutôt mourir !

Elle avait revu Benito à plusieurs reprises. Une de ses amies, Gianna, avait entrepris de faire sa conquête. Il semblait flatté, s'était même montré avec elle à l'occasion mais s'était empressé de rassurer Anna :

— Il faut bien qu'un jeune homme s'amuse un peu, mais tu sais... tu es la seule qui compte à mes yeux.

Gianna ne partageait pas cet avis et ne se gênait pas pour le dire.

— Benito sera à moi. J'sais qu'il m'aime. Il est juste un peu timide et il hésite entre toi et moi.

Anna était ravie, elle encourageait Gianna à ne pas abandonner.

— T'as raison Gianna ! J'l'ai regardé quand il est avec toi. C'est évident qu'il t'aime. Il te dévore des yeux.

Benito avait cru bon d'expliquer à Anna comment sa mère avait d'abord catégoriquement refusé de fréquenter son père. Il n'avait pas manqué d'ajouter :«Les Scarafo ne s'avouent jamais vaincus. Ma mère adore mon père, alors...» Elle avait tourné les talons sans le moindre commentaire. Libre à lui ! Il voulait prendre ses rêves pour des réalités ! Inutile d'essayer de lui ouvrir les yeux.

Depuis la semaine bénie passée au couvent, sa tante, sœur Célia, était revenue deux fois. Lors de la dernière visite, Anna lui avait fait part de son intention d'être religieuse. Elle n'avait pas vraiment « entendu l'appel», mais elle réussit à convaincre sa tante.

— Ma tante, je ne peux plus rester ici. Il va m'arriver malheur, je le sens !

— Mais non, tes parents veillent sur toi.

— Ça n'empêche pas Luigi de me toucher... il est... Ma tante ! À l'école, même certains garçons me dévorent des yeux et font des remarques…Je vous en prie, ma tante, aidez-moi !

Elle s'était jetée à ses pieds, avait pleuré, avait supplié avec tant de douleur et d'insistance...

Sa tante n'avait pas été sans remarquer la transformation physique d'Anna. Son corps s'était épanoui et révélait déjà des formes fémimines très harmonieuses. Son visage angélique avait des lèvres charnues mais raffinées, faites pour l'amour. Quelle tentation pour les hommes ! Elle contempla cette nièce qu'elle aimait tant. Anna la sentit faiblir.

— Je prie beaucoup, j'serai encore meilleure, j'pourrai travailler.

— Tu es trop jeune, tu dois continuer d'étudier.

—J'pourrais suivre les mêmes cours que vos pensionnaires et j'travaillerai aussi. J'suis forte, j'suis capable. Pour l'amour du ciel, ma tante, ne refusez pas de m'aider. J'vous en supplie !

Émue jusqu'aux larmes, sa tante était allée voir son père. La discussion s'était éternisée. Ce n'était pas facile. Anxieuse, Anna s'impatientait. L'angoisse lui tordait l'estomac. Malgré l'amour que son père vouait à sa sœur, il aimait encore plus sa fille. Elle lui faisait honneur ; «malgré ses prétentions de grandeur » ou surtout à cause d'elles, il l'admirait. La vie devait la combler. S'enfermer dans un couvent n'était pas la définition du bonheur qu'il avait pour elle, aussi bien l'enterrer vivante. Déjà que sa sœur avait choisi cette voie ! Elle semblait heureuse, mais Anna... ne plus la revoir ? Cette pensée lui brisait le cœur. Il avait eu vent des intentions de Benito envers Anna et cette union éventuelle l'avait rempli d'aise. Sa fille et le fils de son meilleur ami, Vittorio. Anna, une Scarafo ! S'il avait connu le projet que caressait Benito d'émigrer au

Canada, il aurait peut-être été un peu moins enthousiaste, mais il l'ignorait.

Il devait penser à l'avenir d'Anna et le pays était en guerre. Le couvent n'avait pas souffert de la guerre, grâce à la collusion de Monseigneur Serpico, l'évêque de la région, avec l'armée. Mais tout cela pouvait changer. Des rumeurs couraient qu'on complotait contre Mussolini et que les Allemands rencontreraient bientôt de la résistance. Les autres pays qui avaient été écrasés par la machine d'Hitler ne leur ouvriraient pas les bras. Des hommes tués au combat, c'était inévitable, mais des femmes violées, c'était atroce. Mon Dieu ! Pas Anna ! Peut-être alors qu'Anna serait plus en sécurité au couvent. Même les soldats les plus endurcis hésitaient à s'attaquer aux religieuses.

Malheureux en ménage, lié à une *lamenteuse,* un éteignoir, il avait caressé le rêve de finir ses jours chez sa fille et ses petits-enfants, près de son ami, Vittorio. Autant courir après une ombre. Cette joie lui serait refusée.

Son père était allé parler à Anna, seul à seule. C'était la première fois !

— Tu veux donc nous quitter ?

— Oui, papa.

— Tu es donc si malheureuse avec nous.

— *Si*, papa.

Les traits tirés, les mâchoires contractées, le corps de son père tout entier semblait sur le point d'exploser. Un profond soupir déchira sa poitrine. Anna ne l'avait jamais vu ainsi. Elle eut peur. Même ses plus violentes colères ne l'avaient jamais autant ébranlée. Sa mère survint à cet instant précis. En les voyant, elle s'agita, inquiète. Il y avait de l'orage dans l'air.

— Anna entre au couvent !

— Encore une vacance pour la *Contessa* ?

— Anna entre au couvent, pour toujours.

— T'es fou ! C'est impossible ! J'en ai besoin !

— Inutile de discuter. Ma décision est irrévocable !

— Tu peux pas m'faire ça. Veux-tu m'faire mourir ?

—Exagère pas ! T'es déjà presque fossilisée…J'veux plus en entendre parler. Anna part avec Célia. Prépare sa valise.

— C'est bien toi ça. Tout c'que ta maudite famille veut. Surtout sainte Célia ! Mais ta femme ? Lui demander son avis ?

— C'est c'que notre fille veut qui compte. Son bonheur, c'est ça qui est important. C'est pas pour elle ici.

Anéantie, blanche comme une morte, sa mère s'était laissée choir sur une chaise. La vie semblait l'avoir quitté. Le départ d'Anna ! Son coup de grâce. Elle entrevit sœur Célia. Une capricieuse fureur la galvanisa ! La fusillant du regard, elle s'était déchargée le cœur :

— Vous me vouliez pas dans votre famille. Vous m'en voulez toujours parce que Gino a été obligé de m'épouser. J'vous hais tous. Vous m'enlevez ma fille. Allez-vous-en bande d'écoeurants !

La mort dans l'âme, Anna était montée faire sa valise. Avant de partir, elle avait essayé de faire la paix avec sa mère. Elle s'était butée à un mur de silence. Même son père ne s'était pas montré. Ce jour-là, sa vie avait pris une autre direction. Si seulement elle avait pu se confier à sa mère, lui confier son désarroi, lui ouvrir son coeur. Dépassée par la situation, obnubilée par ses propres tourments, cette dernière oubliait l'essentiel : le bonheur de sa fille.

À son arrivée au couvent, sa nouvelle demeure, elle n'avait que quatorze ans. Sa chambre l'attendait. Un pupitre, un miroir, et des fleurs séchées. Une délicatesse qui l'avait émue. On avait pensé à ELLE.

Les années avaient filé comme du sable entre les doigts. Elle s'était appliquée avec encore plus d'ardeur. Les religieuses en étaient fières. Levée à l'aube, elle assistait aux offices religieux, aidait à la cuisine, puis se rendait en classe. Elle n'en ressortait qu'au dîner. Même ses devoirs étaient faits en classe, avant le souper. La prière du soir…puis elle se mettait au lit.

Durant les fins de semaine et les vacances, la plupart des religieuses travaillaient au jardin. Un immense jardin fournissait les légumes nécessaires aux religieuses et aux pensionnaires. Anna aimait travailler au grand air, désherber, sarcler, sentir la terre glisser entre ses doigts. Elle se sentait bien, entièrement libre. Elles apprenaient aussi à faire la cuisine, le tricot, la broderie, le crochet.

— Vous avez des doigts de fée, lui avait assuré la Mère supérieure.

Elle en avait été heureuse. En paix avec elle-même, elle ne marchandait pas sa peine. Tout était si ordonné. Le couvent était vieux mais très propre. Les meubles et les planchers fleuraient bon la cire.

Une fois, sa tante Célia et elle étaient allées en visite chez ses parents. La maison lui avait paru encore plus petite, plus minable et les membres de sa famille...des étrangers. Elle n'avait plus rien en commun avec eux. L'atmosphère était tendue. Sa mère avait semblé contente de la voir. Elle l'avait même embrassée. Un miracle !

— Comme t'as grandi. T'as pris du poids aussi.

Mais elle s'était aussitôt mise à se plaindre…dans un long monologue pleurnichard. Anna l'avait laissée seule avec sa tante. Marco avait deux enfants.C'était une bénédiction qu'il soit absent. Luigi, par contre, était en permission. Il l'avait narguée avec mépris.

— T'as déjà l'air d'une nonne, d'une « pisseuse ! »

— Et toi, d'un imbécile, un voyou déguisé en soldat !

— Voyez-vous ça ! Le couvent l'a pas changée. La *Contessa* a toujours mauvais caractère. Tu seras jamais une vraie religieuse.

Ces remarques avaient touché juste. Elle devait apprendre à se contrôler, à mater sa fougue. Que c'était difficile !

Au couvent, elle copiait l'attitude des religieuses. Certaines n'avaient pas réussi à freiner leurs impulsions. D'autres étaient des modèles de vertu. Quelques-unes étaient à peine supportables. La Mère supérieure les rappelait à l'ordre. Elle s'entretenait souvent avec Anna. L'abritait sous son aile.

— Anna, vous venez d'avoir seize ans. Êtes-vous toujours heureuse chez nous ?

— Ah ! oui, ma Mère. J'adore le couvent.

—Sentez-vous toujours le désir d'offrir votre vie au Seigneur ?

— Oui, ma Mère. Vous ne voulez pas me renvoyer ?

— Que non ! Ces deux dernières années m'ont convaincue que votre place était ici. Déterminée, travaillante, dévouée... mais... vous ne me semblez pas très pieuse.

— Je fais de gros efforts. Je vais m'efforcer de faire mieux. Vous verrez. Le Seigneur me donnera la grâce de devenir une bonne religieuse. Je Lui fais confiance.

— Je vous crois. Vous êtes sur la bonne voie. Vous allez commencer votre noviciat cet automne. Si vous persistez dans ce choix, dans quatre ans vous serez l'une des nôtres pour l'éternité. Ce havre de paix serait son foyer. Elle avait fait son propre horoscope à sa mesure.

Un jour de décembre, trois ans plus tard, ses parents étaient arrivés à l'improviste. Son père avait mentionné…innocemment... que Benito était au Canada.

— Il a déjà sa maison. C'gars-là ira loin.

— Je suis contente pour lui, papa.

Sa mère avait enchaîné.

— Tu sais il t'aime toujours. Sa mère m'a dit qu'il demandait souvent de tes nouvelles. Il peut pas t'oublier.

— Écoutez ! Je suis certaine qu'il n'aura aucune difficulté à se trouver une bonne femme.

— Mais jamais comme toi.

— Maman, je suis très heureuse d'être religieuse. C'est ma place ici. J'suis en paix.

Ils ne voulaient pas comprendre qu'un mari était la dernière de ses préoccupations. Pourquoi penser à ce qui ne serait jamais. À quoi bon ? Autant prêcher dans le désert !

La vie de Benito se déroulait aussi comme il l'avait planifiée. Malgré la guerre, il s'était embarqué sur un cargo, le 5 juin 1943, quelques jours avant ses dix-huit ans. Son père avait graissé la patte du capitaine afin de s'assurer qu'il veillerait sur son fils. Les adieux avaient été déchirants. Sa mère n'avait consenti à le laisser partir que parce que le pays était en guerre. Elle ne pouvait envisager qu'il puisse se faire tuer au combat. Bien qu'il fut fier de voir son fils déterminé à devenir riche au Canada, son père lui avait fait plusieurs recommandations.

— Ne fais confiance qu'à ton oncle, et encore ! Garde les yeux ouverts. *Attenzione !* Ne mélange jamais affaires et sentiments, jamais ! Sinon, tu te feras rouler. Travaille fort et, dès que tu auras des économies, achète une maison. C'est un excellent placement.

— Mon petit Benito, habille-toi chaudement et nourris-toi bien. Fais attention aux filles ! Beau comme tu es, elles vont te courir après. *Mio caro figlio !* (Mon cher fils !)

— T'inquiète pas maman. Je vous ferai honneur. Je pars pour réussir et j'y arriverai.

La traversée avait duré dix jours. Le capitaine surveillait Benito et ce dernier n'avait pas hésité à se montrer indispensable. Il entretenait le pont, aidait le cuisinier et veillait au confort du capitaine. Ce dernier aimait son café du matin et du soir arrosé d'une bonne rasade de rhum. À l'aube, il était à peine installé à la barre que Benito arrivait avec un café *aromatisé* bien chaud.

— Benito, mon jeune, tu iras loin ! Tu sais y faire !

Son oncle, sa tante, deux cousins qu'il connaissait à peine et son ami d'enfance Umberto Conti, arrivé un an plus tôt, l'avaient reçu à bras ouverts. Ils avaient un grand logement rue Saint-Laurent, près de la rue Jean-Talon. Benito partageait une chambre avec deux autres locataires. Il était un peu à l'étroit mais ne s'en formalisait pas. Sa tante était presque aussi bonne cuisinière que sa mère. Ses cousines aidaient leur mère. On se serait cru en Italie. Malgré la guerre et surtout à cause d'elle, il s'était vite trouvé du travail dans une usine d'armement. Il travaillait plus de soixante-dix heures par semaine. Chaque semaine, il déposait la majeure partie de sa paye à la banque. Un samedi par mois, il sortait avec des cousins et des amis. Il y avait toujours des filles pour les accompagner. Benito gardait la tête froide, s'exprimait bien, buvait très peu et ne faisait pas d'extravagances. Les filles qui croyaient pouvoir se faire inviter par lui, déchantaient rapidement. Il payait un verre en déclarant : «Sirotez-le lentement ! Le premier est le dernier ! » Rares étaient celles qui s'en formalisaient. Benito était quelqu'un ! Il valait bien quelques sacrifices !

Le dimanche, Benito visitait la Petite Italie, avec Umberto. Ils arpentaient chaque rue, Benito examinait presque chaque maison, scrutait l'état des fondations, s'avançait même pour mieux examiner les fenêtres.

— Benito, allons-nous-en. On va nous prendre pour des voleurs. *Santa Madona !*

— Ne t'énerve pas Umberto ! Je leur dirai que j'aime beaucoup leur maison, que j'en cherche une semblable.

— Benito, on est entré au Canada illégalement, on n'a même pas le statut d'immigrant !

—Ne te tracasse pas avec ça. Mon oncle s'en occupe, ça ne traînera pas. Quand il dit qu'on ne voulait pas se battre au côté de l'armée d'Hitler, les portes s'ouvrent.

— Ça fait juste trois mois que t'es arrivé. C'est la guerre, t'as pas d'argent ! Et puis, pourquoi regarder les maisons ?

—Ah ! oui, c'est la guerre et il y a des gens qui ne peuvent pas payer leur hypothèque. Il y a des maisons à vendre, pas cher !

— Et tu vas en profiter pour…j'pensais pas que t'étais…

— J'étais quoi ? Ce n'est pas moi qui ai déclaré la guerre ! Je n'aime pas voir souffrir les gens, mais s'il y a une maison à vendre, je vais l'acheter. Si je ne l'achète pas, un autre le fera ! *Allora...*

— J'comprends, mais…

— Umberto, il ne faut jamais mélanger affaires et sentiments !   Per carita ! pour l'amour du ciel ! Avec un minimum de chance, d'ici un an ou avant j'aurai ma première maison.

— Parce que t'en veux plus d'une.

— Certainement ! Je n'ai pas laissé un pays et une famille que j'adore pour végéter ici.

— J'te crois sur parole. Tu iras loin Benito.

— Et tu vas être à mes côtés, mon bras droit.

— Merci, mais…j'ai moins d'ambition...

Benito avait dit vrai. Treize mois après son arrivée, il achetait sa première maison : un duplex. Une aubaine ! Le propriétaire et son fils s'étaient tués dans un accident d'auto. Son épouse allait habiter chez sa fille, à Boston. Benito avait examiné la maison à la loupe. Bonne fondation, le toit et les fenêtres pourraient durer encore plusieurs années, la tuyauterie : de bonne qualité.

— Une maison solide, Umberto. Regarde les murs ! Pas de fissures ! Les planchers, en bois franc. Près d'une église, d'un parc ! Trois chambres à coucher, une cuisine et une salle de bain que je vais rénover, un salon, et une véranda à l'arrière. Une belle grande cour clôturée.

Les rénovations n'avaient pas de secret pour lui. Dès l'âge de sept ans, chaque samedi et durant les vacances, il avait suivi son père partout. Patient, ce dernier lui avait appris tout ce qu'il savait.

— C'est une maison pour élever une famille Benito.

— Oui…je vais faire un bon ménage puis la louer, jusqu'à ce que je me …

— …que tu te maries ?

— Oui, mais pas tout de suite, dans deux ou trois ans.

— Tu sais que Pina et moi, on parle mariage. Dans quelques mois. Penses-tu que tu pourrais me louer le deuxième étage ?

— – Avec plaisir, Umberto ! Tu es un frère pour moi ! Toi et moi, on travaille ensemble. Pina te fera une bonne épouse. Une italienne comme nous. Tu ne t'ennuieras pas avec elle !

Ils avaient scellé leur entente en se donnant l'accolade.

Benito s'était mis au travail avec encore plus d'ardeur et de détermination. Après l'avoir vu effectuer quelques rénovations, lavé et nettoyé son duplex de fond en comble, un voisin impressionné, M. Baggio, lui avait demandé s'il accepterait de faire quelques travaux chez lui. Benito avait accepté et lui avait fait un prix d'ami, «entre voisins».

— Mais tu feras pas d'argent avec des prix de même !

—C'est là que tu te trompes Umberto ! Je fais un investissement ! Tu vas voir, il va rapporter gros !

Benito avait vu juste. Enchanté de la rénovation, que ce nouveau voisin, si complaisant, avait fait chez lui, M. Baggio l'avait recommandé à sa parenté, à ses amis, même à son patron. En quelques mois, Benito avait assez de travail pour les occuper, Umberto et lui, plusieurs soirs par semaine et les samedis. Ce surplus d'argent était une manne pour eux. Benito en avait profité pour s'acheter un petit camion.

La guerre était terminée. Plusieurs soldats avaient perdu la vie, d'autres revenaient blessés. Les chanceux se cherchaient du travail, mais ils n'étaient pas une menace pour Benito.

Pour certains hommes d'affaires, la guerre avait été très profitable. Ils s'étaient enrichis. Le patron de Benito était l'un d'entre eux. Réalisant le potentiel, les capacités et l'efficacité de ce jeune italien entreprenant, il lui avait donné à faire les travaux d'aménagement de son chalet et, à son tour, l'avait hautement recommandé à ses amis.

— Payez-le comptant, sans factures. Vous pouvez lui faire confiance. C'est une bonne affaire pour tout le monde… mais n'essayez pas de le rouler. Il ne se laisserait pas faire.

Moins de trente mois après son arrivée à Montréal, il fondait sa propre entreprise de rénovation. Benito se savait sur la voie du succès. Son rêve deviendrait réalité ! Il avait compris que l'argent donne le pouvoir, l'autorité et inspire le respect. Un jour, il serait riche, il serait puissant. Il s'approcherait des étoiles et serait considéré, craint et respecté. Foi de Scarafo !

Au couvent, les jours filaient en douceur, réguliers, semblables, paisibles. Anna ne questionnait pas son bonheur. Quelquefois, lorsque les autres jeunes filles recevaient la visite de leurs parents, elle les observait, immobile. L'amour qu'elle lisait dans les yeux des parents lui faisait mal. Ni son père, ni sa mère ne l'avaient jamais regardée ainsi. Jamais elle ne connaîtrait la tendresse d'une mère ni la complicité qui unit une mère et sa fille. L'esprit troublé, esclave d'une enfance malheureuse et de son idée fixe de s'enfermer dans un couvent, elle se jetait à corps perdu dans le travail et la prière. Une foi sereine et la paix intérieure avaient apaisé ses souffrances.

Trois mois après la visite de ses parents, les religieuses avaient reçu celle de Monseigneur Serpico. Anna se rappelait ce que son père disait de lui :«un traître et un vendu ! » L'évêque avait le verbe haut et sa parole faisait loi. Son regard suffisait à rendre muets ceux qui osaient le contester. Il régnait sur son diocèse avec la même fermeté que Mussolini sur l'Italie.

Grand, fier, des cheveux carbon coiffés à la Pompadour, il avait un regard d'aigle.

Dès son arrivée, un va et vient inhabituel avait régné dans le couvent. Des éclats de voix s'étaient fait entendre dans le bureau de la Mère supérieure. Jamais Anna n'avait entendu un tel vacarme. La Mère supérieure était même sortie en claquant la porte. Presque un sacrilège ! Lorsqu'elle était retournée dans son bureau, elle avait l'air soucieux. Les discussions avaient repris de plus belle. Puis Monseigneur avait convoqué Anna. Perplexe, elle s'était hâtée. Tout ce qui la concernait semblait intéresser Monseigneur : son enfance, son adolescence, ses goûts. À quel âge était-elle entrée au couvent ? Pourquoi avait-elle choisi la vie religieuse ? Cet interrogatoire avait été mené avec une délicatesse désarmante, de main de maître. Tout sucre, tout miel, Monseigneur avait un sourire permanent aux lèvres. Anna se sentait presque envoûtée. Cependant, elle avait « omis » de révéler les incidents qui avaient précipité son départ de la maison paternelle. Peut-être était-il déjà au courant de tout. Alors... pourquoi la questionner ?

— Votre Mère supérieure me dit que vous êtes d'une générosité, d'un dévouement exemplaire.

— C'est facile, Monseigneur. Elle m'a accueillie, m'a offert un vrai foyer.

— Vous devez beaucoup à la communauté, n'est-ce pas, Anna ?

— Oui, Monseigneur ! Je donnerais ma vie pour elle.

— Je remarque que malgré votre jeune âge vous avez une maturité, un sens du devoir qui vous honorent.

— Merci, Monseigneur !

— Vous pouvez disposer.

La Mère supérieure l'avait serrée dans ses bras. Surprise de cette marque d'affection, fière d'avoir été remarquée par Monseigneur qui avait si bien su lui dire des mots qui font miel au coeur, Anna était sortie d'un pas léger. Les autres religieuses restaient muettes. Un malaise semblait régner.

Le souper à peine terminé, la Mère supérieure était revenue la chercher. Il se passait des choses bizarres. En entrant dans le bureau, elle avait été surprise d'y retrouver à nouveau Monseigneur. Un silence lourd les enveloppait. Monseigneur n'était plus le même. Partie l'expression doucereuse…Le vernis s'était soudainement écaillé. Monseigneur lança un coup d'oeil appuyé à la Mère supérieure. Celle-ci n'ouvrit pas la bouche, ne broncha pas. Il se redressa de toute sa grandeur, se racla la gorge.

— Mon enfant ! Votre Mère supérieurc a des choses à vous dire.

Cette dernière le foudroya du regard. Elle contempla Anna. Celle-ci eut peur. Le diable allait sortir de sa boîte.

— *E´ successo qualche cosa di grave ?* Est-il arrivé un malheur ? Mon père ? Ma mère ?

— Non, non ! Rassurez-vous. Il ne s'agit pas de cela.

— Quoi alors ? Que se passe-t-il ?

Elle avait élevé la voix à son insu. Son regard allait de l'un à l'autre.

— Il n'est rien arrivé. Asseyez-vous !

Monseigneur avait parlé. La Mère supérieure avait enchaîné.

— Anna ! Ma chère Anna ! Vous savez la vie prend parfois des moyens détournés pour nous montrer notre voie.

— Que voulez-vous dire ? J'ai choisi ma voie.

— Les voies du Seigneur sont parfois impénétrables.

Monseigneur montrait des signes d'impatience. D'un ton péremptoire, il avait ajouté :«Mère supérieure, trêve de tergiversations. Arrivons au fait, voulez-vous ! J'ai à faire ! »

Elle tourna le dos à Monseigneur, s'approcha d'Anna.

— Anna ! Vous savez que le couvent est dans un état lamentable. Le toit coule, la fournaise est défectueuse, les fenêtres sont pourries. Nous n'avons pas d'argent pour ces réparations qui s'imposent.

— Je sais. C'est terrible. Mais que pouvons-nous faire ?

— Attendez ! Ne l'interrompez pas !

Décidément, Monseigneur était impatient de se débarrasser d'un sujet épineux.

— Si nous ne réussissons pas à trouver l'argent, nous devrons fermer le couvent.

— Mais c'est impossible ! Les religieuses, vos pensionnaires ?

— Les religieuses seront dispersées dans d'autres couvents. Nous devrons renvoyer nos pensionnaires.

— Il doit bien y avoir un moyen ?

Mère supérieure saisit la perche qu'Anna venait de lui tendre.

— Oui, justement. Un monsieur, un généreux donateur, nous offre un don substantiel. Assez pour toutes les rénovations et même un peu plus pour la communauté. C'est un miracle. Un don du ciel, mon enfant.

— *Allora ?* alors ? Où est le problème ?

— Ce monsieur pose une condition...

Anna les regardait... aux aguets. Sa poitrine se serra. La Mère supérieure reprit en douceur.

— D'abord, il importe que vous sachiez le nom de notre généreux bienfaiteur puisque vous êtes directement concernée.

Elle était figée sur place, comme paralysée. L'évêque se leva, se rassit, se leva et annonça d'un ton triomphant.

— M. Scarafo ! Mon cher ami, M. Scarafo !

— M. Scarafo ? Anna avait crié. Mais je n'ai rien à voir avec M. Scarafo.

Elle les regardait mais, déjà elle ne les voyait plus.

—Anna ! Anna ! Un peu de respect, mon enfant ! Ne m'interrompez pas !

— Je disais donc, M. Scarafo, un brave homme, il est venu à mon bureau. Nous avons discuté longuement.

Un éclair traversa l'esprit d'Anna. Un papillon noir. Non ! Ce n'était pas vrai ! La Mère supérieure vint s'asseoir à ses côtés et lui prit les mains.

— Vous savez Anna, vous êtes entrée au couvent pour échapper à votre milieu familial.

— Au début, oui. J'y suis par choix maintenant et avec votre bénédiction.

— Vous n'avez jamais eu l'appel.

— L'appel ? J'ai librement décidé de consacrer ma vie au Seigneur. D'ailleurs, Mère, vous étiez consentante, même ravie, que j'entreprenne mon noviciat. Depuis trois ans, je m'y prépare de tout coeur. D'abord, pourquoi remettre en question ma vocation ?

— Anna, vous aimez ce couvent ?

— Vous le savez bien ma Mère.

Monseigneur vint se planter devant elle. Autant en finir.

— Écoutez-moi bien, mon enfant. M. Scarafo nous a demandé votre main pour son fils, Benito. Benito est un bon garçon. Il fera un excellent mari et ... vous n'avez pas la vocation.

— Épouser Benito ? Jamais ! Je ne veux pas me marier. Droite, le regard froid, elle regarda l'évêque.

— Sauf le respect que je vous dois, Monseigneur, c'est la première fois que vous m'adressez la parole. Vous êtes bien mal placé pour affirmer que je n'ai pas la vocation.

La Mère supérieure la regarda avec désarroi. Anna la fixa, incrédule.

— Mère, vous ne pouvez accepter pareil marchandage ?

Anna suffoquait. Quelle tortueuse déviation ! La sueur ruisselait sur son visage. Monseigneur lui mettait le couteau sous la gorge. Elle le regarda. C'était bien l'homme que son père abhorrait !

La Mère supérieure murmura d'une voix presque imperceptible.

— Anna, nous savons que nous vous demandons un grand sacrifice. Nous avons vraiment besoin d'argent pour le couvent.

— Mais je ne veux pas me marier, ni vivre avec un homme.

— Vous pouvez servir le Seigneur aussi bien comme épouse que comme religieuse. Le mariage est sacré.

— Mais vous ne comprenez rien. Le mariage me répugne.

— Anna, tous les mariages ne sont pas comme celui de vos parents. Il y a beaucoup de mariages heureux. Les Scarafo le sont.

— Oui, mais…

— Benito vous aime depuis toujours. Son père me l'a confié. Malgré les années, malgré la distance, il n'a jamais cessé de vous aimer. Un amour éternel.

— Oui, mais... les hommes m'écoeurent !

Monseigneur sursauta. Il la toisa de la tête aux pieds comme si Anna était désormait indigne d'être en sa présence. Cette fille exprimait des   abominations !

— Mon enfant ! Vous divaguez ! Vous êtes une fille comblée. Le Seigneur vous aime. Il vous a choisie pour sauver ce couvent...

Bouleversée, elle s'était levée sans attendre la suite. En moins de cinq minutes, ils avaient anéanti ses rêves et détruit sa vie. Avant de franchir la porte elle avait demandé : «Il est ici le Benito Scarafo ? »

— Non, il y sera en juillet et...

Mais elle avait déjà refermé la porte. La mort dans l'âme, telle une automate, elle s'était réfugiée dans sa cellule. La stupéfaction, la colère, l'amertume la tiraillaient. Sa joie de vivre s'était envolée. Ah ! Le Benito ! Il avait dit qu'elle serait sa femme. Il l'aimait ? Que faisait-il de ses sentiments à elle ? Il piétinait son coeur, ses rêves et voulait qu'elle accepte d'être sa femme. S'il était entré à l'instant même, elle lui aurait arraché les yeux. Elle eut honte de ses pensées et se mit à genoux. Ses prières étaient sans paroles, ses lèvres, muettes. La ferveur avait quitté son âme. Ce n'était pas la volonté de Dieu. Oh ! non.

La cloche sonna, annonçant la prière du soir, mais elle ne bougea pas. Elle ne répondit pas aux coups frappés à sa porte. La Mère supérieure insistait sur l'obéissance, la soumission, garder la foi dans l'adversité. Elle s'était efforcée de se conformer à ces principes. Ça n'avait pas toujours été facile mais elle y était parvenu.

Prostrée, le coeur dans un étau, les cinq dernières années défilaient sous ses yeux. Son arrivée au couvent, la paix, l'affection des religieuses qui l'avaient accueillie. Tous ces merveilleux souvenirs lui faisaient encore plus regretter ce qu'elle perdait. Elle se savait condamnée. Monseigneur avait décidé. Il était tout-puissant. Si elle refusait, il s'arrangerait pour qu'on la mette à la porte. L'amitié des religieuses, leur sollicitude, la paix, l'ordre, cette famille qu'elle ne verrait plus. Non seulement devrait-elle quitter le couvent et la seule famille qui l'avait acceptée et aimée mais elle devrait s'exiler au Canada. Un pays qu'elle ne connaissait pas. Benito serait la seule personne... Il serait seul maître à bord.

Benito Scarafo n'avait pas joué franc jeu. Son père, encore moins. Il avait partagé le pain et le sel avec Monseigneur, lui avait graissé la patte. Sa destinée avait été scellée sans qu'elle ait jamais été consultée, sans qu'on lui ait demandé son avis, sans qu'on ait réfléchi aux conséquences de cette machination. C'était une vente ! On la vendait ! Oui ! Céder à quelqu'un en échange d'une somme d'argent. On la vendait… contre son gré !

Les murs de sa cellule semblaient vouloir se rejoindre pour l'en chasser. Elle sortit. Les religieuses s'en aperçurent, la laissèrent seule. Les mauvaises nouvelles ont des ailes, toutes connaissaient son drame. Elle marcha longtemps s'efforçant d'arrêter le carrousel d'horreurs qui tournait dans sa tête. La voûte céleste fourmillait d'étoiles. Ah ! disparaître dans cette immensité ! Son père disait que notre destin était déjà tracé à notre naissance. Était-ce possible ? Un instant elle eut envie de se sauver. En bonne santé, débrouillarde, elle pourrait facilement se trouver un emploi. Mais... le couvent, qu'elle aimait tant, cet oasis qui l'avait « sauvée», ses amies les religieuses qui l'avaient accueillie... le couvent serait abandonné, les religieuses dispersées. Elle se laissa choir sur un banc. Le désespoir après l'espoir !

Son esprit confus, ses illusions perdues se mêlaient aux ombres de la nuit. Monseigneur avait le bras long ! La Mère supérieure avait joué la corde sensible. Les dés étaient pipés. La belle vie qu'elle s'était tissée gisait en lambeaux. Elle contempla la voûte céleste resplendissante.

— Seigneur, vous êtes quelque part dans cet espace infini qu'on appelle le ciel. Un jour, j'irai vous rejoindre. Aidez-moi ! On exige de moi un sacrifice tellement grand. Mon coeur est crispé d'angoisse et mon âme, bouleversée.

Une ombre, plus terrible que toutes les autres, s'insinua dans ses pensées. Les contours d'un visage remontaient à la surface : Benito ! Subir ses touchés, ses caresses. Faire...ça, avec lui. Elle crut entendre les paroles de sa mère : «Les hommes sont tous des cochons ! » Une souffrance s'insinua sournoisement dans son corps. Elle frissonna. Les larmes glissèrent sur ses joues. La poitrine gonflée de sanglots, elle pleura son enfance perdue, son innocence bafouée, ses années de paix, ce couvent où elle avait trouvé réconfort et bonheur. Intarissable, sa peine ! Un sentiment de perte définitive l'assaillit.

Les feux de l'aurore la tirèrent de sa détresse. Teinté d'or, de rouge et de pourpre, le soleil levait le voile de la nuit, indifférent au drame qui démolissait la vie d'Anna. Soit ! Elle serait l'épouse de Benito. Elle porterait son nom. Il serait maître de sa vie mais non de son coeur ou de son esprit. Un simulacre de paix l'aida à se lever. Une partie d'elle-même était morte. Elle rentra l'âme en charpie, le coeur brisé, insensible à tout. M. Scarafo l'avait achetée pour son fils. Monseigneur l'avait vendue comme une esclave. Impuissante, la Mère supérieure avait courbé le front. Benito l'achetait !

C'est cette vision qu'Anna présenta à la Mère supérieure, cette éminence grise de Monseigneur, venue la rejoindre dans sa cellule.

— Vendue ! Vous ne pensez pas ce que vous dites, mon enfant. Vous me peinez beaucoup. Vous savez toute l'affection, toute l'estime que j'ai pour vous.

— Ma Mère ! Ne m'appelez plus jamais votre enfant. Je m'appelle Anna. Je sais que vous n'êtes pas directement responsable de cette abomination. Vous devez vous soumettre aux ordres de Monseigneur. J'ai peu d'espoir de vous faire changer d'avis. Vous et moi avons les mains liées, mais de grâce pas d'hypocrisie entre nous. Je ne pourrais la supporter.

— Mon enfant...pardon, Anna.

—Je n'ai pas terminé. Vous avez besoin d'argent pour le couvent. Monseigneur doit avoir sa part aussi ! Benito sait que je ne consentirais jamais à l'épouser. Alors, son père vous donne cet argent mais à une condition. Il achète une femme, celle que son fils a toujours convoitée, sans succès. Il m'achète comme on achète une esclave.

— Mais Benito vous aime vraiment.

—De grâce, ma Mère, comment pouvez-vous faire pareille affirmation ! Vous ne l'avez jamais vu, ne lui avez même jamais adresser la parole. N'insultez pas mon intelligence ni la vôtre. Ce n'est pas un acte d'amour. Il me met le couteau sous la gorge.

— Le Seigneur vous le rendra...

— Ne mêlez pas le Seigneur à cette sordide machination. Il n'a rien à y voir. Dieu et les hommes sont deux entités distinctes. Vous nous avez déjà expliqué toutes les bêtises perpétrées au nom de Dieu. Celle-ci en est une !

De guerre lasse, Anna questionna la Mère supérieure.

— Maintenant, vous allez me dire la suite des événements. Les Scarafo sont des gens organisés. Ils savent ce qu'ils veulent et ils l'obtiennent toujours. Alors cette mascarade, ce mariage de dupes ? Quand doit-il avoir lieu ? Est-ce que mes parents sont au courant ?

— Anna, ne préférez-vous pas attendre un peu, vous remettre de vos émotions ?

— Pourquoi ? Allez-vous changer d'avis ?

— Si je le pouvais... je ne suis pas libre.

— Alors ?

— Vos parents sont au courant. Ils sont venus me rencontrer.

— Quand ? Ils n'ont pas demandé à me voir ? Ils sont de connivence avec les Scarafo. Quand on marche avec les boiteux, on apprend à boiter ! Non, n'ajoutez rien ! L'irréparable est déjà accompli. Le mariage ?

Il sera célébré dans deux mois, le 20 juillet dans votre paroisse commune à tous les deux. Benito sera ici le 10 juillet pour s'entretenir avec vous… savoir ce que vous préférez...

— Ma Mère, je vous arrête. Il est un peu tard pour que Benito me demande ce que je préfère. Je n'ai pas le choix. Je dois l'épouser. Cependant, je ne le rencontrerai pas avant le jour du mariage.

— Mais Anna...vous ne pouvez pas...

—Je ne le rencontrerai pas. Je ne me marierai pas dans notre paroisse, ni ici. M'exhiber devant les voisins, devant tous ceux et celles qui me connaissent ? Donner l'impression que je suis heureuse de me marier ? Non ! Ce jour ne sera pas le GRAND jour. Pour moi, il sera plutôt un jour de résignation. Un jour de deuil. Il y a une petite église pas très loin d'ici.

— Mais, ce n'est qu'une chapelle. Les Scarafo sont nombreux. Il n'y aura pas assez de …

— Ce n'est pas mon problème. Ils devront se tasser. C'est une chose qu'ils ne pourront décider.

— Pauvre petite ! Vous ne pouvez pas entreprendre cette nouvelle vie comme un affrontement. Le bon Dieu...

L'expression du visage d'Anna l'avait convaincue qu'hélas ! ce serait bien le cas.

— Vous avez déjà exigé l'impossible. Le bon Dieu me comprend. N'en demandez pas plus. Une chose encore. J'aimerais rester ici jusqu'à mon mariage, continuer comme avant.

— Mais votre trousseau ? Votre robe de mariée ?

— Le trousseau ? Benito y veillera. Vous le lui direz. La robe... je ne veux pas d'un grand couturier. Je sais coudre. Vous m'achèterez quelques mètres de tissus.

— Mais Benito ne sera peut-être pas…

— D'accord ? Il en sera ainsi ou je me présenterai à l'autel avec mon costume de religieuse.

— Seigneur ! Vous ne feriez jamais...se ravisant...Nous ferons comme vous le désirez.

— Une dernière chose. Si jamais j'entrevois Monseigneur à l'église ou à la réception, je pars sur le champ. Soyez certaine de ne pas oublier cette exigence. Mariée ou pas, si jamais il se présentait, je partirais sur le champ. Je ne veux plus jamais revoir ce Judas !

— Anna !

La Mère supérieure avait blêmi. Vous devriez prendre quelques jours de repos.

— Impossible ! Mes journées sont remplies. Le repos est la dernière de mes préoccupations. Laissez-moi maintenant.

La mort dans l'âme, la Mère supérieure était sortie. En quelques heures, Anna avait subi une véritable métamorphose. Elle avait vieilli de dix ans. Tout se déroula comme elle l'avait exigé. Benito était venu. Il s'était entretenu avec la Mère supérieure, s'était fait tout miel, n'avait pas insisté pour la voir. L'enfer est pavé de bonnes intentions !

La robe de mariée prenait forme. Mais tout se brouillait en elle, elle avait l'impression de coudre un linceul, à moins que…peut-être…cette robe soit pour une autre. Elle travaillait, se déplaçait, comme une automate. La Mère supérieure la regardait aller le regard vide, perdue dans ses pensées. Son coeur se serrait.

— *Maledetto Monsignore !* Maudit Monseigneur ! Si elle avait pu...

La veille du mariage, sœur Célia était venue la rejoindre. Très émues, elles s'étaient jetées dans les bras l'une de l'autre.

— Ma tante, vous ne pouvez pas être d'accord avec cette fourberie.

— Pauvre Anna ! Je n'ai cessé de penser à toi depuis que j'ai appris la nouvelle. Je suis désolée.

— Alors ?

— Tu sais toute l'affection que j'ai pour toi. J'ai fait le vœu d'obéissance... Je me suis entretenue avec notre Mère supérieure. Monseigneur décide !

— Vous n'y pouvez rien, je sais. Elle non plus, d'ailleurs !

— Ce n'est pas la vie que tu as souhaitée mais si tu le désires, tu seras heureuse. Le bonheur tu l'as en toi. Tu es une honnête fille. J'ai confiance. Explique-toi avec Benito... en langage diplomatique...Tu comprends. Anna avait souri. Dis-lui tout. Explique-lui ta déception, ta colère. Ne t'attends pas à pouvoir changer l'eau en vin tout de suite. Vide ton sac mais ensuite oublie le passé. Benito n'est pas un monstre. Il t'aime.

— Ah oui ? C'est ça l'amour ?

— Anna, il t'aime à sa manière. Il est convaincu de pouvoir te rendre heureuse. Donne-lui une chance.

Donne-toi une chance. Le bonheur ça se construit, petit à petit.

Anna avait senti un regain d'espoir. Si sa tante pouvait dire vrai. Se pouvait-il…

— D'ici quelques années, je pense pouvoir entreprendre un voyage au Canada. Si tu veux encore me voir ?

— Oh ! ma tante ! Votre venue me comblera de joie.

Le 20 juillet 1947. Le grand jour ! Anna venait d'avoir 19 ans et Benito 22. La journée s'était levée, radieuse. Benito était béni des dieux. Très tôt, sa tante avait frappé à la porte de sa cellule les bras chargés d'une longue boîte. À l'intérieur, des souliers, des bas, des sous-vêtements et un voile couronné d'un diadème orné de petites fleurs des champs. Benito avait ajouté une très belle petite croix en or. Il savait s'y prendre ! Sa tante lui brossa les cheveux. Moins longs mais tout aussi bouclés qu'avant, ils brillaient. Elle enfila sa robe et sa tante fixa le voile.

— Comme tu es belle ! *Troppo bella !* (Trop belle !)

Cette robe lui allait à ravir. En satin blanc, d'une simplicité monastique, elle semblait sortir de la boutique d'un grand couturier. Le contraire de ce que Anna avait souhaité. Elle donnait une impression de pureté, de grâce et d'élégance. En franchissant la porte, la Mère supérieure s'était arrêtée émerveillée : «Une vision du ciel ! Seigneur, je vous en prie, protégez-la ! »

Le coeur gros, elle lui remit une rose : son bouquet de marié.

Chacune des religieuses était venue lui offrir des vœux de bonheur et l'assurer de ses prières. Son père et sa mère étaient arrivés. Vêtus comme des seigneurs, ils s'avançaient fièrement. Anna avait pensé : « Ils ont certainement dû dévaliser une banque ! Celle des Scarafo ! »

En la voyant son père s'était arrêté, figé devant cette apparition. Ému aux larmes, il avait murmuré : «*Mia figlia ! Mia figlia !* Ma fille, ma fille ! *Come sei bella !* Comme tu es belle ! » Sa mère la regardait presque avec envie.

— T'en as d'la chance, ma fille. Épouser un Scarafo. Pas comme ta pauvre mère qu'a peiné toute sa vie. Tu manqueras de rien. La belle vie !

La voyant blêmir, son père s'interposa.

— Viens ma femme. Anna a des gens à rencontrer.

La journée s'était déroulée comme dans un rêve. Un mauvais rêve dont elle était l'héroïne malgré elle. Quand elle avait remonté l'allée au bras de son père, un murmure d'approbation s'était élevé des invités. *Molto bella !* (Très belle !) Ils étaient tous sous le charme. La plupart ne l'avait pas vue depuis son entrée au couvent. Un mannequin !

En l'apercevant, Benito en avait eu le souffle coupé. Il avait bredouillé quelques mots. Sa main avait tremblé au contact de la sienne. Un port de reine, une grande noblesse. Quelle femme ! Il lui avait adressé un timide sourire. Pas celui d'un vainqueur mais plutôt un air à la fois radieux et inquisiteur. Toute la journée, il s'était montré attentionné, sans ostentation. Lui avait à peine effleuré les lèvres lors du baiser traditionnel.

En l'apercevant, Anna avait eu un choc. Les années lui avait donné maturité et prestance. C'était un bel homme, imposant, au profil fier : la perle rare. Mais, elle l'aurait volontiers cédé à une autre. Tous l'auraient cru folle, si elle avait exprimé tout haut sa pensée. Les Scarafo avait dû accepter la petite chapelle mais s'étaient repris en louant une immense salle pour la réception. Le vin avait coulé à flot. Il y avait eu des discours, des toasts. Ils avaient dansé. Anna s'était pliée aux exigences de cette journée.

Benito avait ouvert le bal avec elle. Il l'avait tenue dans ses bras, sans la serrer contre lui. Ensuite, elle avait dansé avec son père. Puis, elle était allée rejoindre sa mère. Le peu d'affinité qui avait pu exister entre ces deux femmes, avait disparu. L'éloignement avait effacé les très rares moments d'intimité qu'elles avaient partagés.

— T'es bien chanceuse, ma fille. T'as un homme qui va aller loin. Une grosse légume. Imagine ! Quelle veine ! Il a déjà sa maison. Les autres filles en sont malades d'envie ! C'est un gars qui a du coeur au ventre. T'auras pas de misère. J'espère que tu le réalises au moins ! Pas comme ta pauvre mère.

— Oui, maman.

Inutile d'essayer de lui faire comprendre qu'elle aurait préféré être dans sa petite cellule spartiate au couvent.

Son père vint la délivrer. Il voulait la présenter à toute sa famille. Fier de l'avoir à son bras, il sentait son désarroi et, en se penchant, il lui avait murmuré à l'oreille : « Ce n'est pas ce que tu avais souhaité, mon Anna. J'espère quand même que tu seras heureuse. Parce que chez nous... J'suis content que t'as quelqu'un de solide pour veiller sur toi. Si jamais quelqu'un te fais du mal, j'aimerais le savoir. Je lui réglerai son cas. Tu sais, on n'est pas riche mais si jamais tu as besoin d'aide, j'irai. »

Cet aveu l'avait touchée mais il était trop tard : elle était mariée. L'ignoble machination de Monseigneur Serpico avait atteint son but.

Son frère Marco l'avait félicitée gauchement puis s'était tenu éloigné. Marco et Louisa avaient deux enfants et cette dernière était encore enceinte. Le regard éteint, la misère écrite dans chaque trait du visage, elle se démenait avec les petits pendant que Marco se rengorgeait comme un paon et tournait autour des filles. Une esclave !

Luigi s'était tué en arrivant à la base militaire. Saoul, titubant, il était tombé sur une roche et s'était fracturé le crâne. Un héros ! Quel héros ! « Plutôt un salaud de moins », pensa Anna. Elle aurait voulu se montrer magnanime mais les derniers mois l'en avait aigrie. Mario l'avait embrassée en bredouillant : « Anna, mes frères n'ont pas été fins avec toi. Je ne t'ai pas défendue. »

—Ce n'est pas ta faute ! Tu étais trop petit !

— J'aurais dû essayer. Je te demande pardon.

Était-ce possible ? Il y en avait un qui avait compris sa souffrance.

Benito et elle avaient à peine échangé quelques mots au cours de la journée. Son bonheur se voyait. Le regard affamé, il la regardait à la dérobée, souriait, échangeait avec tous et chacun. La pensée qu'Anna aurait pu être malheureuse en cette journée mémorable ne lui avait même pas effleuré l'esprit. Enivré de bonheur, son corps vibrait. C'était le plus beau jour de « sa » vie !

La fête avait continué tard dans la nuit. Plus la soirée avançait, plus les remarques grivoises fusaient. Au début, Benito en avait ri. En se retournant pour parler à Anna, il avait vu tant de dégoût dans son regard qu'il en était resté saisi. Il s'était excusé pour ses amis.

— Ça ne veut rien dire. Ils ne sont pas méchants. Le vin... tu comprends... ça leur monte à la tête.

Lui-même avait pris quelques coupes. Une bienfaisante chaleur le consumait, prêt en entrer en éruption. Plus attentionné, plus doux, il la dévorait des yeux.

Pauvre Anna ! Un mal-être corrosif consumait son corps. Cette journée ne finirait donc jamais. Quel paradoxe ! La voir se terminer et en appréhender l'échéance. Allait-elle pouvoir répondre aux demandes que Benito serait en droit d'exiger de sa femme. S'évanouir dans la foule, disparaître à jamais. Autant vouloir sécher la mer avec une éponge.

Benito avait réservé une chambre dans l'hôtel pour la nuit. Le lendemain soir, ils prendraient le bateau. Tant mieux ! S'ils avaient pu, elle serait partie après la réception. L'heure fatidique était enfin arrivée. Seule avec un homme dans sa chambre ! Si près, tout près ! Peut-être était-il fatigué ? Il la contempla… Le regard d'une biche poursuivie par un guépard. Prête à bondir aux moindres attouchements, elle aurait voulu crier grâce.

Totalement inconscient de sa bataille intérieure, Benito avait enlevé son veston. L'avait contrainte à s'asseoir à ses côtés.

— Anna, ma chère Anna. Ne crains rien. Je suis là.

C'était bien ça le drame. Il était là…

— Tu sais, j'attends cette journée depuis plus de dix ans. Je t'ai toujours aimée et je t'aimerai toujours.

Les paroles sortirent malgré elle.

— Mais moi, je ne t'ai jamais aimé. Je ne t'aime pas. Et toi non plus tu ne m'aimes pas. Si tu m'avais vraiment aimée, tu ne m'aurais pas enlevée à la seule vie que j'aimais. La seule que je désirais vivre. Mais non ! Tu as décidé pour moi. Tu as décidé sans moi. Je n'ai jamais voulu me marier. Tu m'as achetée Benito, comme on achète une esclave.

Une ombre passa dans les yeux de Benito.

— Anna ! Anna ! Ne dis pas ça ! Je t'aime plus que moi-même. Je donnerais ma vie pour toi. Je sais que nous serons heureux. Fie-toi à moi, mon amour.

— Benito ! J'aimais le couvent, la vie religieuse. J'étais heureuse. Tu m'as prise de force. Ton père m'a achetée pour toi. Tu as décidé sans moi. Ce n'est pas de l'amour ça.

— Anna. Mon coeur ne bat que pour toi. Je suis certain. Nous allons être heureux. Tu vas m'aimer aussi. Nous aurons des enfants. Le bonheur régnera dans notre maison. Il y aura de la joie, du rire...comme chez mes parents. Tu auras tout ce que tu voudras. Je ne suis pas méchant. Je ferai tout pour toi.

C'était peine perdue ! Il ne voulait pas ou ne pouvait pas comprendre. Du bonheur ? Du rire ? Elle ne savait pas rire. Quelquefois au couvent elle avait ri... un peu. Mais un rire à gorge déployée, un rire qui dilate le coeur... jamais. Des enfants ? Des grossesses qui se succèdent. Mon dieu ! Elle finirait comme sa mère. Plutôt mourir. Il lui faudrait donc boire le calice jusqu'à la lie. Elle n'y échapperait pas ! Elle aurait des enfants, mais sa maison ne serait jamais une soue et ses enfants, pas des pervers comme ses frères. Elle y veillerait.

Benito avait pris son silence pour un acquiescement. La serrant dans ses bras, il l'avait couverte de baisers. Devant son air effaré, il avait éclaté de rire. Debout, il avait esquissé quelques pas de danse. Il débordait de bonheur, d'énergie et de... désir. Son visage s'enflamma.

— Anna ! Cette journée n'est pas terminée. Sois sans crainte. Je ne te ferai pas de mal. Fie-toi à moi, chérie. Détends-toi. Veux-tu aller te changer d'abord ? Je t'ai acheté une chemise de nuit et… d'autres vêtements. J'ai fait mon possible. Je ne connais pas tes goûts.

Les nerfs tendus comme des ressorts, elle pénétra dans la salle de bain. Ses goûts ? Une robe de religieuse. *A cosa serve ?* À quoi bon ? Une chemise de nuit en dentelle ajourée était suspendue derrière la porte. Modeste mais suggestive, elle ne laissait rien deviner. Rouge de honte, elle se sentie nue après l'avoir enfilée. On devinait, pour ne pas dire voyait, toutes les courbes de son corps. Comment pourrait-elle se montrer ainsi devant lui. S'enfuir. Il avait dû deviner son appréhension. Prudent, il ne s'était retourné que lorsqu'elle s'était faufilée sous les couvertures.

À son tour il était passé dans la salle de bain. Le dos tourné, elle sentit qu'il se glissait dans leur lit, à ses côtés.

— Benito, voudrais-tu éteindre, s'il te plaît ?

— Mais pourquoi ? Je veux te voir, admirer ton beau corps.

— Je t'en supplie, Benito.

— Mais oui, ma chérie. Tout ce que tu veux.

Le corps rigide, elle s'était tassée au fond du lit. S'approchant d'elle, il lui caressa les cheveux. Son corps était de marbre. Une folle envie de fuir la brûla si fort qu'elle se souleva. Il semblait avoir deviné son geste. Son bras encercla sa taille.

— Anna, *mia moglie, mio amore*, ma femme, mon amour.

Lui murmurant des mots doux, lentement, méthodiquement, avec douceur, Benito l'avait dévorée de baisers. Les paroles de sa tante lui revenaient : «Ne t'inquiète pas. Benito t'aime... Oui, oui, je sais. Mais il t'aime et c'est un homme bon. Ne crains rien. » S'éclipser de son corps… Si elle le laissait faire, son supplice serait plus vite terminé. Benito semblait prendre tout son temps. Il avait mille mains. Sa bouche mordillait ses oreilles, effleurait ses lèvres, descendaient jusqu'à son cou. Malgré elle, son corps réagissait à ses caresses. Un malaise l'envahissait. Les mains de Benito flânèrent le long de son dos, descendirent sur ses hanches, remontèrent et s'immobilisèrent sur ses seins. Se penchant avec une lenteur étudiée, il dégrafa les boutons de sa chemise de nuit et laissa ses mains s'infiltrer sous le tissu. Sa langue traça une colonne enflammée sur la longueur de son corps. Un soupir involontaire s'échappa d'Anna. L'espace d'un instant, il arrêta sa progression. Indiscrètes, ses mains glissèrent, s'arrêtèrent à l'endroit interdit, l'endroit le plus intime. Quand elle essaya de réagir, il était trop tard. Ses caresses déclenchaient des sensations déconcertantes. Elle ne savait plus si elle devait le repousser ou l'attirer. La honte et le plaisir se disputaient la préséance. Son coeur de femme battait à tout rompre.

Il la souleva, alluma, fit glisser sa chemise et la regarda :

« Doux Jésus ! Quel corps ! » Ses baisers se firent plus insistants. La douleur la surprit. Un plaisir embarrassant, indéfinissable l'enveloppa tout entière. Son corps flottait dans un monde irréel et merveilleux qui la transportait au sommet d'un plaisir qu'elle n'avait jamais imaginé. Sa raison ? Envolée. Son corps était en feu. Ils étaient tous deux dans un tourbillon qu'ils ne pouvaient contrôler. Lorsqu'il prit sa virginité, elle se noua autour de lui en murmurant des phrases sans suite. *Era dunque questo* ? C'était donc ça !

Quand tout fut terminé, il la regarda avec douceur.

— Tu es ma femme maintenant. Tu as aimé ? Ce sera meilleur la prochaine fois. Tu verras. Mon amour, je suis le plus heureux des hommes.

Honteuse de s'être laissée aller aux plaisirs de la chair, elle détourna son regard. Il ne s'en aperçut même pas. Il dormait profondément. Pas Anna, le sommeil se dérobait. Elle se leva. Se sentant sale, elle se lava. C'était donc ça « l'acte conjugal». Elle ne pouvait nier avoir ressenti du plaisir. Dégoûtant ! S'être rabaissée au niveau de ses frères, des animaux. Confuse, contrariée, toute envie de recommencer le lendemain l'irritait. Benito n'attendit pas au lendemain. Quelques heures plus tard, il s'éveilla. Le regard d'un chat qui va avaler une souris. Son appétit était insatiable. Sitôt réveillé, il était prêt à recommencer. Il ne s'arrêta qu'aux petites heures du matin. «Un marathon...» se dit Anna. Le sang battait dans ses tempes. Son corps demandait grâce.

— Je t'en prie Benito ! Je suis fatiguée.
— *Stanco ? Davvero !* Fatiguée ? Voyons ! Tu es une jeune femme en pleine santé ! Regarde ! Je te désire encore plus qu'hier. Je n'aurai jamais assez de nuits pour t'aimer. Il y a si longtemps que je t'attends.

Devant sa mine effarée, il éclata de rire, se leva, bomba le torse et se pavana...
— Regarde mon amour. Mon corps est en feu !

Nu comme le David de Michel-Ange, il se tint fièrement devant elle, exhibant son corps musclé. Rouge de honte, Anna se cacha le visage. Il n'avait donc aucune pudeur.

— Je suis un homme ! Tu as le plus beau corps que je n'ai jamais vu. Je te jure !

— Parce que tu as... tu as déjà fait... ça ?

— Voyons, Anna ! Je n'ai pas fait le vœu de chasteté, moi ! Un homme a des besoins. C'est du sang qui coule dans mes veines. Mais ne t'en fais pas. C'est fini maintenant, tu es ma femme. Je te serai toujours fidèle. On s'aime et on va être heureux.

À quoi bon ! Il ne comprenait pas, ne pouvait concevoir qu'elle ne l'aimait pas, qu'elle préférait être au couvent plutôt que dans ses bras. Cet Adonis en chaleur ! Elle était sa femme. Elle serait esclave de ses désirs. Engagée sur un chemin de non retour...

Tôt le lendemain matin, ils étaient allés faire leurs adieux aux parents et beaux-parents. Ironie du sort, si on le lui avait demandé, elle serait restée chez ses parents ! Mme Scarafo la serra dans ses bras.

— Je suis contente d'avoir une autre fille. J'ai toujours pensé que tu étais exceptionnelle. Tu sais te débrouiller.

Anna savait qu'elle était sincère. M. Scarafo la regarda avec fierté.

— Tu vas être une bonne épouse pour mon fils, tu es bien bâtie, faite pour avoir des enfants. Toutes les filles n'avaient d'yeux que pour mon Benito. Tu es chanceuse ! C'est toi qu'il a choisie. Mais je le comprends.

Anna l'aurait giflé. Avait-il déjà oublié le rôle ignoble qu'il avait joué pour qu'elle épouse son fils ?

Sa colère et son désarroi échappèrent au père comblé. Même si elle avait essayé de les lui expliquer, il n'aurait pas pu comprendre. Personne ne comprendrait... M. Scarafo les avait couverts de cadeaux. Après mille recommandations, ils prirent leurs valises, ce fut le départ et ils firent diligence. Le port était à plus de deux cents kilomètres.

Les six jours de la traversée furent difficiles. Accoudée au bastingage du bateau, Anna avait regardé son pays s'effilocher lentement à l'horizon. De gros nuages dérivaient dans le ciel tout bleu, ils enflaient prêts à éclater... comme sa peine. Le mal de mer l'avait surprise. L'étroitesse de la cabine, le roulis du bateau, le mal au cœur constant s'ajoutait aux désirs d'un étalon fougueux qui voulait profiter de sa lune de miel, lui avait arraché le bandeau des yeux. Benito l'avait traitée avec sollicitude. Il avait été plus que patient, mais elle avait mis sa patience à rude épreuve. La troisième journée, il avait insisté pour qu'ils se promènent sur le pont. Elle avait refusé.

— Anna, le fais-tu exprès ? Fais un effort. Je me demande si ton mal de mer n'est pas un prétexte.?

Interloquée, elle lui avait jeté un regard meurtrier.

— C'est ton idée ce mariage, ce voyage...tout ça...

—*Mannagia !* Torrieu ! Tu ne vas pas me ressasser ça toute ma vie ?

D'un ton plus tendre, il avait décroché une robe et l'avait aidée à s'habiller. Bras dessus, bras dessous, ils étaient allés se promener sur le pont. Ils étaient le point de mire des passagers. Les femmes jetaient des œillades à Benito et les hommes ne quittaient pas Anna des yeux. Deux couples les avaient invités à leur table, mais Anna avait décliné. Déçu, Benito avait insisté gentiment.

— Anna, ma chérie, ces gens-là sont des gens bien. Ils seront à Montréal pendant plusieurs mois. Peut-être aurons-nous la chance de les revoir. M. Aldo et son ami, M. Perroni, sont des hommes importants. Ce serait bien de les connaître. De plus, tu dois manger, rien de mieux pour le mal de mer.

— Benito Scarafo, j'ai passé les cinq dernières années dans un couvent. Je ne me sens pas très à l'aise en public.

— Ne t'en fais pas ! Ils seront trop contents de t'avoir à leur table. Mais… ne mentionne pas le couvent !

— As-tu honte parce que j'ai été religieuse ?

La voix d'Anna était montée d'un cran.

— Pas du tout. Si tu veux qu'on te questionne sur ta vie au couvent, libre à toi. Mais ils deviendront curieux, tu vas peut-être le regretter. Alors, on soupe à leur table ce soir ?

Avant qu'elle n'ait eu le temps de répliquer, Bénito était allé les avertir qu'ils acceptaient leur invitation. Durant le cocktail, M. Aldo avait regardé Anna d'un oeil admiratif. Sa femme, remarquant le trouble de la jeune femme, lui avait pris les mains avec gentillesse.

— Allons de ce côté, pendant que les hommes parlent affaires.

Mme Perroni les avait accompagnées. Elles avaient parlé de leurs enfants, de la traversée, avaient fait rire Anna, tant et si bien que le souper terminé, elle pouvait dire qu'ils avaient passé une agréable soirée. Cependant, elle poussa un soupir de soulagement quand tout fut terminé. Constamment sur le qui-vive, elle s'était sentie comme une évadée cherchant à cacher un passé criminel.

Le soir même, Benito avait repris ses droits d'époux avec encore plus de volupté. Sa mère avait raison : « Les hommes ne pensent qu'à ça. »

Le lendemain, il se leva en sifflotant, chantonnant. Il lui servit son café au lit.

Repose-toi un peu. On n'est pas pressé. Je vais sortir me dégourdir les jambes. «C'était certainement la seule chose qui était engourdie», avait pensé Anna. Elle n'avait pas été longue à comprendre que le sexe était l'une de ses priorité. Elle se leva en maugréant. «Ce n'est pas la tête qui mène les hommes ! ».

Montréal 1947. Leur arrivée n'était pas passé inaperçue. Le quai, moucheté de centaines de têtes, grouillait d'activité. Oncle, cousins, cousines, les amis, tous étaient au rendez-vous. Parlant, riant, gesticulant, ils avaient chaleureusement accueilli Anna et Benito.

— Benito ! Benito ! T'es revenu ! Enfin ! *Grazie !* Merci !

Radieux, il se promenait au milieu d'eux. Un roi retrouvant ses sujets. Solennellement, il s'arrêta, prit la main d'Anna.

— C'est ma femme ! Regardez ! Une vraie dame ! N'est-ce pas qu'elle est belle ?

Il l'avait fait virevolter. «Comme au marché d'esclaves ! » pensa-t-elle. L'examinant sous toutes les coutures, tous s'étaient exclamé : «Si ! Si ! Une vraie femme ! *Molto, molto bella !* Très, très belle ! ».

Benito flottait. C'était à qui s'assiérait près d'elle. Invitations, conseils, ils parlaient tous en même temps. Quelle cacophonie ! Le silence du couvent était loin. Les membres de la famille couraient dans toutes les directions, cherchaient les valises des voyageurs. Un tohu-bohu épouvantable. Être seule ! La tête lui tournait. Elle suffoquait. Benito la souleva, la déposa dans une voiture et lança à ses amis : « À la maison ! Tout le monde ! Venez ! ».

— Benito ! Tu n'y penses pas. Tous ces gens !

— Anna. C'est fête aujourd'hui. On fête avec les parents et amis. Ils sont heureux pour nous. *Allora...(Alors…)*

Le trajet ne dura qu'une vingtaine de minutes. Comme les maisons étaient rapprochées ! Benito parlait sans arrêt, lui indiquait les magasins, les églises, tout. Volubile, heureux, il exultait. Comment aurait-il pu en être autrement ? Tout arrivait comme il l'avait souhaité. Dans son cœur : aucun doute, aucun quiproquo. Il lui apportait l'amour, la sécurité, un foyer et bientôt des enfants. Elle ne pouvait qu'être heureuse.

— Regarde Anna ! Notre maison !

— Laquelle ?

Des maisons à deux étages au milieu de terrains vacants. Pourquoi avoir mis les escaliers à l'exté-rieur ?

— Celle-là, le numéro 180, rue Dante. C'est notre maison. Ta maison, Anna.

— Mais regarde, il y a quelqu'un en haut.

— C'est la femme de mon ami Umberto. Je t'ai parlé de lui. C'est mon bras droit. Tu vas aimer sa femme Pina. C'est une fille extraordinaire !

— Ils vivent avec nous ?

— Non ! Rassure-toi. En haut c'est un logement. Il ne communique pas avec le nôtre. Ils sortent par cette porte, tu vois, là-haut. Ils descendent par cet escalier.

— Quand ils parlent ? Quand ils font du bruit ?

— On ne les entend pas. Ils sont très tranquilles. Ce qu'ils paient aide à payer notre maison. Ça aide même beaucoup. D'ailleurs, juste un peu plus loin, j'ai une autre maison comme celle-ci. Allons, entrons chez-nous.

Sans plus attendre, il la prit dans ses bras et la souleva. Ils franchirent le seuil de leur maison et il la guida d'une pièce à l'autre. Il guettait ses réactions. Impressionnée, elle examinait tout, de la grande cuisine aux trois chambres à coucher, en passant par la salle de bain et finalement le salon. Tout était propre. Les meubles étaient simples mais solides.

— Alors, elle te plaît ?

— Oui. C'est grand.

— Pas trop ! C'est une bonne maison. J'ai eu la main heureuse. Quand on aura des enfants, elle ne sera pas trop grande. D'ailleurs, je n'ai pas l'intention de mourir ici. Quand on sera plus riche, on déménagera dans quelque chose de beaucoup mieux. Viens voir la cour.

Elle s'était précipitée. Magnifique ! La cuisine donnait sur une véranda, assez grande pour y mettre une table et quelques chaises. Son havre de paix ! Un sentiment d'appartenance l'envahit. C'était sa maison. La cour n'était pas large mais très longue.

— Je vais me faire un jardin... mettre des fleurs...

Soulagé de la voir heureuse, il laissa échapper un soupir.

— Tout ce que tu voudras, ma belle Anna. Tout ce que tu voudras ! Je vais te donner un montant d'argent chaque semaine, pour l'épicerie, les vêtements, pour tout ce dont tu auras besoin et plus. Je ne veux pas que tu te prives. S'il t'en manque, tu me le diras.

— Es-tu riche, Benito ?

Un grand éclat de rire.

— Non, Anna, mais un jour... Je travaille fort et j'ai été chanceux. Tu ne manqueras de rien.

Rassurée, elle se sentit mieux. Ce n'était pas la vie rêvée, c'est vrai, mais c'était loin de la masure de son enfance. Mieux encore, elle n'aurait pas à quémander d'argent ni à justifier chaque achat. C'était une chose qu'elle appréciait énormément. Il lui faisait confiance.

Ils étaient à peine revenus dans la cuisine que les invités arrivèrent : tous ceux qui les avaient accueillis plus d'autres voisins et amis. Les femmes apportaient des casseroles, des fruits en conserve, des pâtisseries. Les hommes du vin et de la bière. Elle aurait voulu les aider mais les femmes avaient refusé. En un clin d'œil, la table fut mise.

— Aujourd'hui, c'est la dernière journée de ta lune de miel. Profites-en ! Quand les petits arriveront tu n'auras plus de temps libre. Ça viendra vite ! Tu verras !

Elles parlaient italien entre elles, mais quelques-unes se débrouillaient assez bien en anglais. Anna, qui avait appris le français au couvent, était étonnée.

— Pourquoi ne parlez-vous pas français. Je pensais qu'ici, à Montréal…

— Nous aussi, on le croyait, mais nos enfants doivent aller à l'école anglaise. Si l'on veut pouvoir les comprendre et les aider, il faut apprendre l'anglais.

La journée lui avait paru interminable. Elle aurait préféré être seule, prendre le temps d'apprivoiser sa maison mais elle souriait, ne voulait pas les indisposer. Benito trônait au milieu d'eux d'un air satisfait. De temps en temps, il s'arrêtait près d'elle, la serrait dans ses bras. Il n'avait donc aucune gêne ! Il avait tout ce qu'il avait souhaité : le succès, l'admiration des siens et la femme qu'il avait toujours désirée.

Le lendemain Benito était retourné au travail et Anna avait pris possession de sa maison. Le réfrigérateur était bien garni. Les invités avaient laissé assez de nourriture pour nourrir une armée. Chaque recoin de la maison fut inspecté, chaque tiroir ouvert. Benito avait pensé à tout : meubles, literie, ustensiles, services de couverts, vaisselle, chaudrons. Avant de partir, il lui avait remis sept dollars. Une fortune !

— Tu auras le même montant chaque semaine. Si ce n'est pas suffisant, tu me le diras.

C'était beaucoup plus que ce dont elle avait besoin. De plus, sa Mère supérieure lui avait donné cinq dollars, probablement l'argent du « Pilate». Même son père avait glissé un billet de deux dans son sac à main et sa belle-mère, un billet de dix. Durant les mois précédant son mariage, une chose était devenue très claire dans sa tête : elle ne serait pas à la merci de Benito. Le seul moyen d'y parvenir était l'indépendance financière. Autant s'y mettre au plus tôt. Elle décida qu'elle mettrait de côté, dans un compte à son nom, ce qu'elle avait reçu en cadeau. En économisant ainsi, elle était certaine de pouvoir ramasser un petit pécule pour les moments difficiles.

L'après-midi même, elle fit le tour du quartier. La plupart des familles étaient québécoises mais il y avait quelques familles italiennes. Les femmes devaient avoir guetté sa maison car elles étaient toutes sur le seuil pour la saluer. Elles vinrent même lui serrer la main et l'inviter à entrer chez elles. Leur accueil lui fit chaud au coeur.

Elle trouva quelques magasins, rue Saint-Laurent. Ils offraient de tout. Elle acheta du fil à crocheter. Dès le retour, elle commença une nappe pour la table pour la cuisine.

Benito revint à 19 heures, illuminé comme un arbre de Noël.

— Anna, Anna, ma femme, *il mio sole,* mon soleil.

Avant qu'elle ait eu le temps de répliquer, il passa ses bras autour de sa taille, tâta ses seins, pinça ses fesses. Anna réagit comme l'éclair. Benito reçu un coup de genou si violent qu'il s'écroula dans un roulé-boulé.

— Qu'est-ce qui te prend ? Tu veux m'estropier ?

— Benito Scarafo, ne fais plus jamais ça. Je me suis assez fait tâter et pincer les fesses par mes frères, ces cochons ! Je te jure que...

— Hé bien ! Moi je ne suis pas tes frères. Je suis ton mari. L'aurais-tu déjà oublié ?

Joignant le geste à la parole, il l'avait soulevée de terre. Pendant qu'elle lui martelait le dos de ses poings, il l'avait portée dans leur chambre, étendue sur leur lit. Elle se débattait, mais il gagna. Le désir semblait décupler sa force. Mais elle n'avait pas l'intention de se laisser faire. La même révolte, la même répulsion qu'elle avait ressentie quand ses frères essayaient de la tripoter s'empara d'elle. Peine perdue ! En moins de deux, il l'avait déshabillée tout en se dévêtant lui-même.

L'entourant de ses bras, il s'allongea sur elle, l'embrassa avec une ardeur inégalée. Il lui fit l'amour. Elle maudit son corps qui ne pouvait s'empêcher de réagir. Quand tout fut terminé, il la contempla amoureusement.

— C'est encore meilleur quand tu ne veux pas.

— Parce que violer une femme te stimule ?

— Je n'appellerais pas ça un viol. Tu avais les deux jambes autour de mon corps. Tu bougeais au même rythme que moi. Et si je regarde dans le miroir, je suis certain de voir les traces de tes ongles dans mon dos. Sans compter les cris de chatte en chaleur que tu as lâchés. Remarque que je ne déteste pas ça, *per niente*, (pas du tout.) Éclatant de rire, il ajouta : « C'est même stimulant. »

Le rouge lui monta au visage. Ces cris, les locataires du deuxième, Umberto et Pina, avaient-ils…?

— Maudit Benito. Tu le fais exprès pour m'humilier ?

— Mon amour. Il y a rien d'humiliant. Tu es une femme, ma femme que j'aime. On est jeune, en pleine forme. Le corps a des exigences. Bon, lève-toi paresseuse ! Je dois me laver. J'ai faim. À moins que…? Tu me désires encore !

C'était peine perdue. Il ne pouvait comprendre. Le sexe lui était aussi nécessaire que le boire et le manger. Les paroles de sa mère hantait Anna.

Jamais plus elle n'ouvrirait la bouche pendant qu'il... La raison est souvent dupée par le désir. Les plaisirs de l'amour l'obnubilaient parfois, chassant momentanément le souvenir de ses frères. Elle se dégoûtait.

La figure de Monseigneur Serpico lui apparut avec une telle netteté qu'elle dut cligner des yeux pour qu'il disparaisse. Ah celui-là ! Il valait mieux pour lui qu'elle ne le rencontre jamais seule. En fait, encore mieux s'il était entouré d'amis ou d'admirateurs. Elle lui dirait ses quatre vérités : qu'il s'était servi de son autorité à des fins mercantilles, qu'il l'avait vendue ! Cet homme avait géré sa vie comme on traite une affaire, sans se soucier d'elle.

Elle se leva, se lava les mains, se recoiffa. Sous la douche, Benito chantonnait tout en se savonnant. Quand il l'aperçut près de l'évier, il allongea le cou. «Veux-tu me rejoindre ? On ne sait jamais. Il me reste encore un brin d'énergie. Pour toi, mon amour, je suis prêt à tous les sacrifices, *potrei,* je pourrais...»
Elle s'éclipsa en vitesse.
— Anna, mon souper est prêt ?
Benito mangea comme un ogre. Il dévorait.
— Tu vas te rendre malade.
— C'est bon. L'amour, ça ouvre l'appétit. En plus, je travaille dur. Je dois être en pleine croissance !

Les nausées commencèrent le mois suivant. Pire que les maux de coeur qu'elle avait endurés sur le bateau. Chaque matin, dès qu'elle sentait l'odeur du café, l'envie de vomir la prenait. Benito ne mit pas longtemps à deviner son état.
— Mais, tu es enceinte ? On va avoir un bébé ! *Hurra !* Youpi !

— Je vais avoir un bébé. Tu n'es pas enceinte, toi !

— J'ai fait ma part. Un gros sacrifice !

Il la prit dans ses bras, la couvrit de baisers. Que je suis heureux. Je suis un homme comblé.

— Et moi, je suis malade comme un chien.

— Ça ne durera pas. Juste quelques semaines. Peut-être deux mois au plus.

— Mais j'ai le temps de mourir dix fois.

— Voyons Anna. Tu es en bonne santé. Ce n'est pas une maladie être enceinte. Tu vas prendre rendez-vous avec un bon docteur. La femme de mon ami en connaît un qui est très consciencieux.

— Ça va coûter cher, Benito.

— Ne tracasse pas ta petite tête avec ça. Ma femme ne se fera pas soigner par un charlatan. Fais attention à toi ! Ne travaille pas trop fort !

— Je vais être papa ! Il faut que j'envoie un télégramme à mes parents... aux tiens aussi. Attends que nos amis et mes employés apprennent ça.

— Tu ne vas pas aller annoncer ça à tout le monde ? Ça doit rester entre nous.

— Tu n'es pas sérieuse ! C'est la plus belle chose qui puisse nous arriver. Tu veux que je garde ça secret ? Je voudrais le crier pour que toute la ville l'entende. Je veux partager ma joie avec mes parents, mes amis. Il se mit à crier : « Un bébé ! Un bébé ! *Avremo un bambino !* On va avoir un bébé ! ». Il ne tenait plus en place, la fit valser, l'embrassa. Une folle euphorie s'était emparée de lui.

Umberto et Pina vinrent sur le champ. Ils avaient tout entendu ! C'était inconcevable ! Les autres voisins et les amis ne tardèrent pas à arriver. Les femmes lui firent mille recommandations. Elles apportèrent des vêtements de bébé. Anna ne savait où donner de la tête. Benito était un des leurs. C'était un homme averti. Il irait loin. Ils l'admiraient. Il n'oubliait jamais sa famille, ses amis. Anna était sa femme. Belle, instruite, cultivée, elle leur faisait honneur. Ces femmes semblaient attendre ce bébé avec autant d'impatience que Benito. Anna faisait maintenant partie de leur vie. Son bébé était un peu le leur. Toutes partageaient leur bonheur.

C'était la fête ! Malgré ses réticences, Anna s'était laissée gagner par leur sollicitude.

— Le matin, du thé noir et des rôties bien dorées, presque brûlées. Rien de mieux pour enrayer les nausées. Tu déjeunes plus tard.

Elle suivit ce conseil et se sentit un peu mieux.

Pina était celle qu'elle préférait. Au début, Anna ne s'était pas sentie attirée vers elle. Pina vivait la vie à cent mille à l'heure. Petite, drôle, toujours un bébé dans les bras, elle regardait Anna dans les yeux, sans gêne.

— Tu vas être maman, Anna. Tu verras, c'est merveilleux. Les maux de coeur ne dureront pas. J'vais t'aider. Toi et moi, on va s'payer du bon temps. On va explorer la ville. Si tu veux bien, je serai ton guide. Elle était espiègle, rieuse mais sous ses dehors mutins, Anna découvrait une femme serviable, sensible, discrète et ordonnée. Jamais elle ne questionnait ni ne critiquait. Le soleil brillait sans cesse avec Pina. Umberto qui était aussi silencieux que Pina était volubile la laissait agir à sa guise. Contrairement à Anna qui appréhendait les maternités, Pina en était parfaitement heureuse.

Chaque mercredi de chaque semaine, les deux jeunes femmes prenaient le tramway et partaient à la découverte de Montréal. Chaque sortie était une surprise, un enchantement. Les magasins Eaton's, Simpsons, The Bay, Dupuis Frères et bien d'autres furent visités et revisités. Tous ces étages de vêtements, d'accessoires subjugaient Anna. Elle devait se pincer pour se convaincre qu'il y avait autant de choses à vendre. Jamais elle ne se lassait d'admirer les étalages. Pina et elle se payaient le luxe d'une petite collation chez Eaton's. Anna chérissait ses instants de liberté. Plongée dans la foule, elle oubliait ses frères, le couvent. Pina faisait des commentaires sur les femmes qu'elles croisaient. Anna, très digne, s'efforçait de garder son sérieux, mais parfois, c'était impossible. Les mimiques de Pina, toutes sans méchancetés, étaient tellement drôles.

La perspective d'avoir un ventre déformé, de passer des nuits blanches et de s'occuper d'un bébé pleurant sans arrêt, ne l'enchantait pas. Neuf mois ! Et Benito qui voulait une grosse famille. «Seigneur, épargnez-moi ! » Au quatrième mois, elle sentit le bébé bouger. Ce fut une sensation incroyable. Pour la première fois, elle réalisa qu'elle portait un être vivant, un enfant, le sien. Un sentiment d'amour et de tendresse infinis la firent tressaillir de joie. Un bonheur différent de ce qu'elle avait jamais imaginé l'envahit toute entière.

La chambre du bébé ! Benito en avait parlé plusieurs fois, mais elle l'avait arrêté du revers de la main.

— Attendons un peu. On ne sait jamais.

Mais aussitôt qu'elle sentit le bébé bouger,«son bébé», une frénésie s'empara d'elle. Benito voulu peindre la chambre, acheter des meubles. Elle refusa net.

— Laisse-moi faire ! Je connais des boutiques de meubles usagés de bonne qualité.

— Voyons ! Je peux en acheter. Notre enfant va avoir de beaux meubles neufs.

Elle insista.

— Je t'en prie Benito. Laisse-moi préparer la chambre de notre bébé. Je te promets que ce sera beau. Fie-toi à moi ! S'il te plaît !

— Si tu penses…

— Écoute ! Si tu ne l'aimes pas, tu le diras. On ira acheter du neuf. Je te promets.

Trop heureux de la voir s'intéresser à la venue de leur enfant, il acquiesça.

Dès le lendemain matin, sitôt Benito parti au travail, elle prépara une liste de choses à faire, de boutiques à visiter. Elle arpenta la chambre de long en large, mesurant, calculant, planifiant. Une heure plus tard, elle savait ce qu'elle voulait. D'abord, la peinture : la chambre serait toute blanche, sauf les boiseries qu'elle voulait jaune pâle.

C'était l'heure de magasiner. Seule ! C'était sacré ! La peinture et les pinceaux en premier. Puis elle fit le tour des boutiques. La nouvelle de sa grossesse l'avait précédée. Les brocanteurs de la rue Saint-Laurent, fiers qu'elle choisisse leurs commerces, rivalisèrent d'amabilité et offrirent des aubaines. L'un deux lui avait « réservé » un petit lit neuf, presque neuf, qui avait appartenu à une famille aisée de Westmount. Un autre avait une commode de style italien que « madame ne pourrait s'empêcher d'apprécier ». Un berceau, très pratique les premiers mois, que « madame pourrait avoir près d'elle tout en vaquant à ses occupations ». Ce serait merveilleux quand elle voudrait crocheter, lire ou relaxer sur la véranda. Enfin, elle dénicha une chaise berçante et une lampe en bois sculptée. On s'offrit même pour lui livrer tous ses trésors.

Sitôt de retour à la maison, elle se mit au travail. Benito lui avait offert de l'aider. Elle avait refusé. Même l'accès de la chambre lui fut interdit. Il ne vit aucun des meubles.

— Je veux juste jeter un coup d'œil…

— Non, attends. Je veux te faire la surprise.

Il l'avait entendu chantonner en vaquant à ses occupations. Elle l'aimait ! Elle était heureuse ! Il avait tant rêvé à ce bonheur avec elle. Disparues les nausées, elle se sentait bien. Plus belle que jamais : elle rayonnait.

La chambre repeinte, elle dessina quelques anges sur les murs et les peignit. L'effet fut saisissant ! Ils semblaient flotter dans leurs robes de mousseline rose et bleu pâle. Ensuite, elle s'attaqua aux meubles. Laver, gratter, sabler ! Trois couches de peinture blanche, les poignées jaune pâle… Une couverture et un petit oreiller brodé enjolivaient le petit lit. Le berceau fut décoré de garnitures en soie blanche agrémentées de rosettes en ruban jaune. Un rideau crocheté blanc doublé de satin jaune tamisait la lumière du jour. Un brocanteur lui avait offert un superbe coffre orné des armoiries « d'une famille noble, assurément». Après une heure d'hésitations et de marchandage, elle avait succombé.

— Madame, trois dollars ? Vous me ruinez !

— Mais non ! Le sourire en coin…elle ajouta, vous vous reprendrez ! Je reviendrai.

— Il est à vous, madame, mon fils ira vous le porter.

Nettoyé, et frotté à la cire d'abeille, le coffre avait fière allure. La beauté et la délicatesse des armoiries vivaient. Benito piaffait d'impatience.

— Anna, ça fait plus de deux semaines que j'attends !

— Ça ne sera plus très long…deux jours encore.

— Je pourrais jeter un coup d'œil bien vite.

Il la taquinait, se dirigeait vers la chambre. Elle l'arrêtait. Il la prenait dans ses bras. Elle essayait de se dégager sans grande conviction.

— Tu es plus belle que jamais, mon amour.

— Je commence à avoir l'air d'une matrone.

— Jamais ! Tu as l'air d'une maman, une future maman. *La più bella*, la plus belle que j'aie jamais vue ni connue.

De temps en temps il arrivait avec un ourson en peluche, des chocolats, des fleurs.

— Arrête Benito, tu vas te ruiner.

Deux jours plus tard, le souper terminé, Anna lui prit la main.

— Viens Benito. Suis-moi, mais ferme les yeux.

— Pourquoi ? Je ne veux pas fermer les yeux. J'ai peur dans le noir.

— Viens, suis moi. Ferme les yeux, juste une minute !

Le guidant par la main, elle s'était dirigée vers la chambre du bébé. Ouvrant toute grande la porte, elle avait murmuré à son oreille : « Tu peux ouvrir les yeux maintenant. Regarde ! »

Le soleil aidant, la chambre lui était apparue baignée de couleur et de lumière. Immobile, le souffle coupé, il n'avait pu que balbutier : « *Come e bello !* Que c'est beau ! »

Il avait regardé les murs, remarqué le rideau, passé la main sur les boiseries, effleuré les anges, admiré le berceau, touché les rosettes, lissé la couverture, contemplé la commode, ouvert les tiroirs, écarquillé les yeux devant la layette, s'était agenouillé devant le coffre, avait scruté les armoiries...s'était relevé et l'avait fixée, une adoration muette dans les yeux. C'était elle, Anna, sa femme, qui avait réussi ce miracle.

L'émotion l'étreignait, les mots lui manquaient. Les larmes glissaient silencieuses sur son visage. Ses yeux embrassaient la chambre avec vénération, s'extasiaient devant chaque meuble impeccablement peint et décoré. S'avançant vers Anna, il la prit tendrement dans ses bras. Sans prononcer une parole, il se dirigea vers la chaise berçante, si belle toute blanche, avec son coussin fleuri. Il hésita.

— Tu peux, Benito. C'est pour bercer notre bébé.

Il la prit sur ses genoux et regarda le beau visage tant aimé. C'était comme s'il la voyait pour la première fois, chaque battement de ses paupières était comme une chose nouvelle.

— Anna ! Tu es une fée. Je n'ai jamais rien vu d'aussi beau. Mon coeur va éclater.

— Alors, tu l'aimes ? Tu ne veux rien changer ? Des meubles neufs, peut-être ?

— Je ne pourrais rien trouver d'aussi beau. Comme je t'aime ! Aussi longtemps que je vivrai, jamais je ne pourrai oublier ce moment. Merci, chérie, pour toutes les heures que tu as consacrées à préparer la chambre de notre enfant. Attends que nos amis voient cette merveille ! Pina l'a vue ?

— Non ! Je ne l'aurais jamais montrée à personne avant toi.

Le bonheur est communicatif. Elle se sentait heureuse. Le sexe était moins pénible. Parfois même, elle le désirait. La tendresse, les petites attentions de Benito la touchaient. Ce furent les plus beaux mois de leur vie à deux. Même le couvent avait été relégué aux oubliettes. Benito ne cachait pas son bonheur. Il le portait fièrement.

Aussitôt informés des merveilles accomplies par Anna, Pina et Umberto étaient descendus.

— On peut dire que t'as du talent Anna. Benito a raison. C'est une chambre de prince. Si jamais tu voulais te lancer dans la décoration, tu ne manquerais pas d'ouvrage.

La procession des amis ne tarda pas. Ils regardèrent, scrutèrent chaque meuble, chaque objet. Tous et toutes furent unanimes.

— C'est incroyable, Benito ! Ta femme a tous les talents. Anna, j'aimerais que tu m'aides à décorer la chambre de ma fille.

— Anna n'ira pas travailler.

— Non ! Non ! Juste me donner des idées.

Les femmes l'entouraient, la questionnaient : « Où as-tu trouvé ça ? Comment as-tu fait ? » Elle était fière de répondre à leurs questions.

Le mois de mai fut long et pénible. Elle était si grosse ! Même attacher ses souliers était un effort. Elle ne savait plus quelle position prendre pour dormir et la nuit, elle jouait au « lit musical » : d'abord leur lit, ensuite le divan du salon et pour finir, la chaise longue de la véranda. Elle comprenait mieux le sens du mot « délivrance ».

Les premières douleurs l'avaient surprise aux petites heures du matin. Des douleurs au bas du dos, près des reins, l'avaient tenue éveillée. Ce devait être sa digestion.

Plus tard elle se sentit mieux et se mit au travail. Subitement, une douleur l'avait laissée sans voix. Elle s'était laissée choir sur une chaise. Puis, plus rien. Fausse alerte ! Quelques minutes plus tard, une autre douleur l'avait terrassée. Zut !

— Tu arrives à point.

Pina venait d'apparaître. Quelle chance !

— Benito m'a dit de surveiller, au cas...

— Je pense que...*Hai ! Ho male !* Ah ! J'ai mal !

— On s'en va à l'hôpital.

— Il faut que j'me change... Benito...

— Anna, t'as pas une minute à perdre ! Ta valise !... On s'en va à l'hôpital. Ensuite, je préviendrai Benito.

Elle avait voulu protester mais elle n'était plus maîtresse de son corps.

En moins de quinze minutes, elles étaient à l'hôpital. Une éternité ! Les douleurs avaient duré six heures. Jamais elle n'avait imaginé pareilles souffrances. Pendant ce temps, Benito était arrivé en trombe et se promenait tout énervé dans la salle d'attente.

— Bon Dieu ! faites que tout aille bien ! C'est de ma faute tout ce qu'elle endure.

— Pour sûr que c'est de ta faute, mais calme-toi. Tu m'donnes le vertige. Tout va bien aller. J'le sais. J'suis déjà passée par là.

Pina riait, le taquinait mais Benito n'était pas rassuré.

— Elle ne voulait pas d'enfant. Elle souffre. Si jamais…

— Voyons Benito. Ça s'oublie vite. C'est un mal qu'a pas d'rancune. On est toujours prête à recommencer.

— Pas Anna ! Elle va s'en rappeler ! S'il fallait qu'elle meure ! Misère ! J'aurais du me retenir aussi.

Pina partit d'un grand éclat de rire et s'exclama : «Toi, Benito ? T'aurais eu besoin de t'la couper. Sans ça…»

Benito était trop inquiet pour rire. Il craignait pour Anna et le bébé.

Le 15 juin 1948, le petit Benito fit une bruyante entrée dans le monde en poussant un cri perçant.

— Monsieur, vous avez un beau garçon, trois kilos et demi. Robuste, en pleine forme. Écoutez-le.

Quand le médecin avait déposé son bébé sur sa poitrine, toutes les souffrances d'Anna avaient disparu, comme par magie. De petits cheveux noir bouclés encadraient son visage. Ses yeux azur la fixaient. Il esquissait un sourire : il semblait vouloir partager un secret avec elle seule.

— Mon fils ! Mon petit Benito ! Je te le promets, tu seras toujours heureux. J'y veillerai ! Mon amour te protégera.

Un bonheur indescriptible l'enveloppait.

Quinze minutes plus tard, Benito pénétrait dans la chambre et contemplait le tableau qui s'offrait à lui. Anna, lavée, changée, admirait son fils. «Un visage de Madonne», se dit Benito. Il était au septième ciel. Elle lui tendit leur bébé.

— *Tuo figlio !* Ton fils ! Le petit Benito.

— Anna, merci. Merci chérie pour ce grand bonheur !

Il prit son fils dans ses bras, le regarda, le serra contre son coeur puis le déposa sur le lit. Écartant les petits vêtements, il examina chaque main, chaque doigt, chaque pied, chaque orteil. Il parcouru ainsi tout le corps ; puis remit tendrement le bébé à Anna.

— *Perfetto !* Parfait ! Il est parfait. C'est le plus beau bébé du monde. Anna, tu me combles. Je t'aime plus que moi-même. Je vais envoyer un télégramme à nos parents. Je retourne dans la salle d'attente leur annoncer la nouvelle. Je reviens tout de suite, chérie. Repose-toi !

Les deux premières journées furent mouvementées. Un flot continu de parents et d'amis se succéda. Les fleurs inondaient la chambre. Le personnel se demandait qu'elle était cette célébrité qui pouvait bien l'occuper. Ce furent les plus beaux jours de toute leur vie. Benito nageait en pleine euphorie.

Le cinquième jour, le petit Benito refusa de boire. Il était fiévreux et pleurait sans arrêt. Inquiète, Anna insista pour questionner le médecin. Une heure plus tard ce dernier entra d'un air préoccupé. Le cœur d'Anna se serra.

— Madame Scarafo, votre fils ne va pas très bien. Il a une jaunisse. Son foie…

— C'est impossible ! Elle avait hurlé.

— Je suis désolé, croyez-moi. Votre fils est très malade. Ça arrive quelquefois. Malheureusement, la médecine n'est pas assez avancée. Nous allons faire notre possible. Reposez-vous. Nous avons prévenu votre mari. Il est en route.

Se reposer ? Comment pourrait-elle se reposer ? C'était un cauchemar. Son bébé était très malade. Des rivières de larmes coulaient de ses yeux sans qu'elle en soit consciente. Sa vie entière s'était arrêtée. Elle était dans le vide.

— Mon Dieu, protégez mon enfant ! Aidez-nous ! Je vous en supplie. Bonne Sainte Vierge, vous avez été mère, vous comprenez ma douleur. Sauvez mon bébé !

Dehors, un coup de tonnerre éclata. La pluie se mit à tambouriner sur les vitres. Même la nature était en émoi. Le soleil s'était caché et le vent gémissait.

Benito entra en trombe. Ses cheveux mouillés, ébouriffés, pointaient dans toutes les directions. Les yeux hagards, il s'élança vers elle.

— Anna ! Anna ! Qu'est-ce qui arrive ? Qu'est-ce qui se passe ? Le petit Benito ! Dis-moi que ce n'est pas vrai !

Elle aurait voulu mourir. Son coeur allait éclater.

— Je ne sais pas Benito. Je ne comprends pas.

— Mais Anna, il était bien, en parfaite santé. Qu'est-ce qui s'est passé ? Ton lait ?… Anna ?…*Cosa hai fatto ?* Qu'as-tu fait ?

Il la secouait. Sa douleur l'aveuglait. Il la blâmait mais...pourquoi ? Elle n'avait rien fait. La douleur, le désespoir, la colère l'envahirent. Elle lui cria,

— Benito. Ne reste pas planté là à m'accuser. Va voir le médecin. Fais quelque chose. *Sbrigati !* Vite !

Il s'élança hors de la chambre comme un fou. Une infirmière essaya de le calmer mais en vain.

— Allez chercher le médecin. Je veux le voir. C'est mon bébé. Allez...

Il criait. Elle eut peur. Quelques minutes plus tard le médecin arriva. Le visage sérieux, il fit signe à Benito.

— Venez, monsieur Scarafo. Il l'entraîna dans son bureau. Asseyez-vous.

— Je ne veux pas m'asseoir, docteur. Je veux juste savoir ce qui se passe avec mon enfant ? C'est quoi cette histoire ? Mon bébé était en parfaite santé. Soudain, on m'appelle pour me dire qu'il est au plus mal.

— Calmez-vous, monsieur Scarafo. Votre bébé souffre de la jaunisse. Son foie est très affecté. Malheureusement, la médecine est quelquefois impuissante.

— Mais, c'est impossible. C'est quoi cette maladie ? Est-ce que ça vient de ma femme ? De moi ?

— Nous ne savons pas pourquoi certains bébés développent cette maladie. Nous ne réussissons pas à les sauver tous.

— Mais vous n'allez pas le laisser mourir. Mon fils ! Il n'a même pas vécu une semaine. On n'a pas eu la chance de l'avoir dans notre maison. Je ne l'ai même pas vu se réveiller le matin. C'est impossible.

— Je regrette. Si vous saviez comme je regrette, mais...

— Alors ? Il va mourir ! Quand ?

— Un jour ou deux...peut-être quelques heures. C'est un miracle qu'il soit encore vivant. Son état est grave.

Benito s'écroula sur la chaise. La tête dans les mains, il pleura silencieusement, sans fausse honte. Sa poitrine se serra. Son cœur s'ouvrait en un trou béant. Vidé, suspendu dans une agonie sans fin.

— Pourquoi Seigneur ? Je n'aurais pas dû lui donner un enfant.

Chancelant, il se leva, tituba vers la chambre d'Anna.

— Alors, Benito ? Tu as vu le docteur ?

Il la regarda sans la voir. La nouvelle allait anéantir sa femme. Il revit la chambre du petit Benito qu'elle avait décorée avec tant de soin, tant d'amour. Sa bonne humeur et sa tendresse des derniers mois. Un frisson lui parcourut l'échine.

— Benito ! Benito ! Parle !

Son cri de détresse le ramena à la réalité, mais il resta muet.

Les yeux hagards, elle se redressa, lui saisit les mains.

— Benito ! Notre bébé ?

— *Sta morendo* ! Il va mourir ! Anna.

Il avait à peine murmuré ces mots. Le regard de sa femme lui fit mal.

— Non ! C'est impossible ! Pourquoi Benito ? Pourquoi ?

Tant bien que mal, il essaya de lui expliquer ce qu'il ne comprenait pas lui-même.

— Benito ! Je veux mon bébé ! Va chercher mon bébé !

— Mais je ne peux pas... Le docteur…

— Va chercher mon bébé. Il va mourir. Il est à moi. Je l'ai porté pendant neuf mois. Je veux l'avoir ici, dans mes bras. Il ne mourra pas seul avec des étrangers. Va chercher mon bébé ! Tout de suite !

Son ton était sans réplique. Il allait lui apporter leur bébé.

Anna tendit les bras. Le petit Benito était immobile. Sa respiration… à peine un doux souffle de vent. Sa vie s'envolait sans qu'il l'ait vécue. Quelle injustice !

— Pourquoi Seigneur, pourquoi ? Ils m'ont tout enlevé, la vie que j'aimais et maintenant... mon enfant...

Benito se redressa. Les paroles d'Anna le frappèrent en plein coeur. L'enfant qui était leur espoir, qui les avait déjà rapprochés s'envolait. Leurs projets, leurs folles espérances, qu'en adviendraientils ? Il voulu la réconforter, trouver les mots. Il en fut incapable. Le désespoir de ne plus jamais tenir son fils dans ses bras, l'horreur de savoir que dans quelques heures il ne serait plus, le paralysait. La mort dans l'âme, il sortit. Elle ne s'en aperçut même pas.

Elle fixa son enfant. Ce bébé qu'elle avait si ardemment attendu, puis aimé et désiré, resterait à jamais dans son coeur. Jamais elle ne l'oublierait. Lové contre sa poitrine, elle lui parla doucement.

— Mon amour, je t'aime. Si tu savais comme je t'aime. Si tu savais le bonheur que tu m'as déjà donné. Je t'aimerai tant que je vivrai. Tu m'as fait oublier le couvent. Tu m'as donné le goût d'être heureuse avec ton papa.

Le petit Benito ouvrit les yeux, la regarda. Son petit doigt agrippa la main d'Anna. Il ferma les yeux, les ouvrit à nouveau et dans un soupir, son âme s'envola. Le petit Benito n'était plus.

Benito était revenu sans qu'elle ne s'en aperçoive. Elle ne vit pas les larmes sur ses joues, ni l'infirmière qui tendait les bras. Les yeux sans vie, elle embrassa une dernière fois son enfant.

— Au revoir, mon amour. Là-haut, tu ne seras jamais seul. Mon amour sera toujours avec toi.

Le bonheur n'avait fait qu'hésiter, un court instant, puis s'était glissé furtivement hors de leur existence.

Benito s'approcha d'elle, mais recula. Elle était de marbre. La douleur, la colère avaient séché son coeur.

— Anna ?

— Va-t-en Benito. Je veux être seule.

Ils ne s'étaient pas rejoints dans la douleur. Enfermé dans la sienne, il n'avait pensé qu'à la perte de son fils. Au lieu de tendre les bras à sa femme qui venait d'accoucher d'un enfant qu'elle aimait tendrement, il l'avait presque accusée d'être la cause de sa maladie. La douleur et le désespoir lui avaient fait perdre la raison, et sans le vouloir, il avait frappé à mort le cœur d'Anna. S'il l'avait prise dans ses bras, elle aurait pu s'appuyer sur la force de son amour, ils auraient mieux supporté les dernières heures du petit Benito. Mais Anna s'était sentie rejetée et les paroles de sa mère étaient revenues la hanter : «Les hommes, ils vous déchirent le corps puis vous déchirent le coeur.» Une haine viscérale imprégna tout son être.

— Maudit Benito ! Tout ça est de ta faute. Tu as tout gâché ! Tu n'as rien compris ! Tu n'as pensé qu'à prendre ce que tu convoitais ! Pour ton bonheur ! Mais le mien ? Jamais je n'éprouverai pire douleur ! Va-t'en, disparais de ma vue !

Une fissure s'était glissée dans leur fragile amour. Benito essaya de lui expliquer son désarroi, de lui redire son amour, de s'excuser.

— Anna, pardonne-moi. Ce n'est pas de ta faute, je le sais. La douleur m'a chaviré. Je n'étais plus moi-même. J'ai de la peine pour nous. Je t'aime tant.

Elle l'avait repoussé avec une telle froideur qu'il avait quitté l'hôpital. Il s'était occupé des funérailles.

Anna n'avait quitté l'hôpital que deux jours plus tard. À son retour à la maison, les meubles de la chambre du bébé avaient été remisés. C'était comme s'ils faisaient partie d'un rêve. C'était mieux ainsi. Ils n'auraient été qu'un rappel pénible d'un bonheur disparu. Rien ne serait jamais plus pareil. Le bonheur, éphémère, avait quitté leur maison.

Les amis étaient venus lui apporter amitié et réconfort. Elle les avait reçus avec tant de froideur qu'ils avaient été contents de partir. Même Pina n'avait pas trouvé grâce à ses yeux.

— Pina, je préfère être seule, tu comprends.

— Anna, ce n'est pas bon de se replier sur soi-même.

— N'insiste pas, veux-tu. Je sais ce qui est bon pour moi.

Son regard glacial avait empêché Pina d'insister. Cette dernière attendait son deuxième bébé et son ventre arrondi blessait Anna. Le jardin fut le seul endroit où elle se réfugia. Ses gestes étaient mécaniques. Le coeur n'y était pas. La peine, qu'elle avait ressentie lorsque Monseigneur Serpico lui avait annoncé qu'elle devrait quitter le couvent, n'était rien comparée à la souffrance déchirante qu'elle éprouvait.

Benito travaillait de plus en plus tard. Il appréhendait presque de rentrer chez lui, de retrouver cette maison sans chaleur où chacun vivait emmuré dans son chagrin, la langue liée. Trois mois plus tard, il était revenu du travail en chantonnant. Il était ivre, ce qui ne lui était jamais arrivé.

— Comment va ma petite femme ? Toujours le silence ? Ce n'est pas un cloître ici. On a le droit de parole. Tu n'es pas au couvent.

— À qui la faute ?

— À moi ! Je le sais. Je suis un salaud. Tu voulais être une nonne. J'ai gâché ta vie. Je ne suis pas assez bon pour toi. Je suis *un disgraziato,* un salaud !

— Je n'ai jamais dit que tu étais un salaud.

— Madame peut parler ! Tu me traites comme un étranger, dans ma maison. Penses-tu être la seule à souffrir. Il n'y a pas une minute où je ne pense à notre bébé. Des fois, j'ai si mal que j'ai peur d'étouffer. Je revois son beau visage, ses cheveux bouclés, ses grands yeux qui semblaient me reconnaître... Seigneur !

Sa douleur toucha Anna, mais quand il voulut la prendre dans ses bras, elle l'avait repoussé. Alors, une colère sourde s'était emparée de lui. Malgré ses protestations, il l'avait saisie par la taille et l'avait traînée dans leur chambre.

— Anna, tu es ma femme et tu vas être ma femme. J'en ai assez, *maledetto*, maudit ! Je ne suis pas un moine et crois-le ou non, je t'aime.

Ses yeux lançaient des éclairs. Elle eut peur. D'un geste brusque, il enleva ses souliers et lança ses vêtements par terre les uns après les autres. Il se déshabilla et la prit dans ses bras. Elle se débattait mais il était fort. Ses lèvres écrasèrent les siennes. Ses caresses éveillèrent ses sens et il l'a posséda. Malgré elle, son corps avait réagi mais son coeur était resté de marbre. Le lendemain soir, il reprit ses droits d'époux. Elle ne put refuser.

Trois mois plus tard, elle était à nouveau enceinte. Elle ne souffla mot. Un samedi, il l'avait surprise à vomir.

— Depuis combien de temps es-tu enceinte ?

— Je ne sais pas.

— Qu'est-ce que tu attendais pour me le dire ?

Elle haussa les épaules et tourna les talons.

— Anna, c'est notre enfant, y penses-tu ?

Souriant, il l'avait embrassée. Je suis content. Ça va bien aller.

Elle ne partageait pas son enthousiasme.

— Tu sais que le docteur a dit que ce qui est arrivé n'arrivera probablement plus jamais.

Cette affirmation ne lui fit aucun effet. Sept mois s'étaient écoulés depuis la mort de petit Benito et elle était à nouveau enceinte !

Dès qu'elle avait su la nouvelle, Pina était venue voir Anna, certaine qu'elle serait enchantée de partager son bonheur. Peine perdue ! Anna fut à peine polie. Elle lui fit savoir qu'elle n'était pas la bienvenue. Pina et Umberto s'étaient achetés une maison pas très loin. Quelquefois, Pina l'invitait à prendre le thé. Elle prétextait un empêchement. Benito essaya de la raisonner, mais rien n'y fit.

Cette fois, elle n'avait pas touché la chambre du bébé. Le bébé n'y verrait aucune différence. Benito avait sorti les meubles qu'il avait remisés et les avaient montés dans la chambre. L'effet ne fut pas le même. C'était encore beau mais sans amour, sans vie. Elle avait fermé son coeur. Il n'était qu'amertume. Personne ne pourrait plus l'atteindre dans son cœur ni dans son âme. Jamais plus elle ne voulait revivre le même calvaire. Jamais plus elle ne se laisserait aller à croire au bonheur.

Antonio naquit le 27 septembre 1950. L'accouchement se fit en un temps record. C'était un beau bébé. Benito en était fou. Elle n'avait pas ressenti l'élan d'amour, de tendresse qu'elle avait eu pour le petit Benito. Elle le soignait bien mais le coeur n'y était pas. Pourtant, Antonio était attachant. Anna refusa de se laisser attendrir. Pina était venue mais la complicité entre les deux femmes avait disparu : finies les sorties en ville, finis les têtes à têtes, les confidences. La froideur d'Anna avait aussi éloigné les autres femmes. Benito en était profondément attristé.

— Anna, tu es toujours seule. Sors un peu avec Pina. Vous vous entendiez si bien. Ça te ferait du bien. Il me semble…

— Je ne suis pas malade ! J'ai à faire ! Ta maison est mal tenue ?

— Non ! Tout reluit. Tonio est toujours propre. Trop propre !

— Tu voudrais que je le laisse se vautrer dans la boue, comme un cochon ? Non, merci ! Mes enfants ne seront pas des voyous. Je vais m'occuper de leur corps et de leur esprit. Je vais les former.

— Et leur coeur, Anna ? Leur coeur ?

— Excuse-moi ! On fera mon procès une autre fois.

Sur ces mots, elle lui avait tourné le dos.

Les années passèrent. Fernando était né en 1952, Teresa en 1955 et Pietro en 1958. C'était assez ! Elle n'en voulait plus. Benito voulait toujours une grosse famille. Non et non ! Terminé les grossesses, les couches et les biberons. Elle alla trouver son médecin. Il refusa de l'aider. Elle finit par en dénicher un qui la comprit. Il lui expliqua comment s'y prendre pour ne pas avoir d'enfants. Benito ignorait tout.

Le 3 juillet 1961, quelques semaines après le troisième anniversaire de Pietro, les parents de Benito arrivèrent sans crier gare. Anna était stupéfaite. Arriver sans prévenir ! Quel manque de savoir-vivre ! Benito était emballé. Le torse bombé, M. Scarafo, s'avança, la contempla :

— On te fait une belle surprise, hein, ma bru ? Mon fils ne te fait pas de misères ! T'es plus belle que jamais. Quatorze ans que vous êtes mariés et seulement quatre enfants. Ma parole, tu te la coules douce ! T'es bonne pour douze !

Anna contrôla mal son dépit. Le gifler ! « Seigneur ! Délivrez-nous des tentations. » Quels plaisirs anticipés elles promettent !

— Désolé de vous décevoir mais je n'en aurai pas douze.

Intuitive, Mme Scarafo pressentit le danger, s'interposa.

—Que je suis contente de te revoir Anna. Montre-nous tes trésors. J'suis certaine qu'ils sont adorables.

Les quatre enfants s'avancèrent pour embrasser leurs grands-parents. Antonio avait onze ans, Fernando, neuf, Teresa, six et Pietro, trois. Polis, un peu guindés, ils reculèrent et restèrent silencieux.

— Mais ce sont de vrais petits soldats. Tu les as bien entraînés, Anna. Est-ce qu'ils parlent ?

— Ils savent quand parler et quand se taire.

La voix d'Anna était montée d'un ton. Benito s'en aperçut.

— Venez, papa. Je vous fais visiter la maison et les alentours.

Benito avait deviné que la conversation s'aventurait sur un terrain glissant. Les garçons suivirent leur grand-père.

Ils firent le tour de la maison. En connaisseur, M. Scarafo l'examina attentivement. Le logement du deuxième l'intrigua beaucoup.

— Des gens qui marchent sur ma tête, j'sais pas si j'aimerais ça. Il me semble…

— Au début, c'était Umberto, Umberto Conti, vous savez, le fils de Paolo. C'est mon bras droit. Il a sa maison maintenant. Depuis quatre ans, je loue à une dame âgée et à sa fille. On n'entend pas un bruit. Je voulais la vendre et en acheter une autre dans un plus beau quartier, mais Anna et les enfants ne voulaient pas en entendre parler. Voulez-vous voir mon bureau, mon garage ?

Benito s'était loué un grand hangar qu'il avait rénové. Une petite partie lui servait de bureau et le reste de remise pour ses camions et ses matériaux.

— J'ai six employés à temps plein et durant l'été, une dizaine. Papa, j'ai plus de travail que je ne peux en faire.

Son père avait été favorablement impressionné.

— J'suis fier de toi, mon fils ! T'as réussi ! Tu m'fais honneur !

Laissée seule avec sa mère ct sa grand-mère Teresa s'était approchée timidement d'elle. Sa grand-mère l'avait prise dans ses bras.

— Comme t'es belle ! Tu ressembles à ta mère. J'suis contente de te connaître. On va bien s'entendre nous deux.

Anna et M. Scarafo n'avaient pas d'atomes crochus. Elle le détestait. Sans le vouloir, il avait le don d'attiser sa hargne. Comme son fils Benito, il adorait les enfants, les gâtait, jouait avec eux. À table, il les taquinait, remplissait leurs assiettes, les faisait rire. Les enfants l'adoraient. Ils le suivaient partout. À quelques reprises, Anna essaya de s'interposer. Peine perdue !

— Anna. Laisse-nous les gâter un peu. Ils sont si sages ! trop sages. Des enfants, il faut que ça rie.

— Mes enfants ne sont pas malheureux.

— Ils sont merveilleux, toi aussi. T'es une bonne femme. Mais respire un peu. Tu vas faire une syncope !

— C'est quoi une syncope, maman ?

— Teresa, laisse ! C'est un autre mot d'esprit de ton cher grand-père.

Benito avait du mal à se retenir. Fernando riait sous cape. Anna bouillait, heureusement sa belle-mère était là pour arrondir les angles. Anna l'aimait bien.

Les enfants étaient aux anges. Tous semblaient avoir grandi. Ils se goinfraient de tendresse, de caresses et d'amour. Ils ne lâchèrent pas leurs grands-parents d'une semelle. Anna s'impatienta, inutilement.

— Voulez-vous bien les laisser en paix cinq minutes.

— La paix, on l'aura pour l'éternité. Ces enfants-là sont des anges. On se fatigue pas des anges. J'ai jamais vu des enfants aussi fins.

Son beau-père s'essuya les yeux. Sa belle-mère reniflait.

Ému, profondément heureux, Benito se mit à danser et regarda Anna : «Tu as entendu ? On a des anges ! C'est ce que j'ai toujours pensé. Ces enfants-là sont ma vie.» Anna secoua la tête : il ne changerait jamais.

Le souper se termina dans la plus complète cacophonie, comme à tous les repas depuis l'arrivée de ses beaux-parents. Anna avait peine à se contrôler : les enfants ne l'écoutaient plus. Ils n'étaient pas impolis. Simplement, ils n'obéissaient plus au doigt et à l'oeil. Intolérable !

Mme Scarafo aidait Anna de son mieux, Anna ne lui ouvrit pas son coeur. Leurs conversations étaient parfois gauches et assez limitées. Elle sentait qu'Anna n'était pas heureuse et comprit que Benito s'était trompé en croyant pouvoir faire son bonheur. M. Scarafo n'était pas dupe non plus, lui aussi sentait que tout n'allait pas rondement. Il en voulut à Anna. Benito lui donnait tout ce qu'une femme pouvait désirer. Pourquoi ne pouvait-elle pas l'apprécier ? Ils partirent le coeur gros. Les enfants pleuraient : le bonheur quittait la maison. Le lendemain, Anna avait reprit les rennes et les enfants, leur routine. Ils marchaient en cadence.

C'est avec soulagement qu'Anna avait dit au revoir à ses beaux-parents. Ils étaient restés deux semaines chez elle et une semaine chez le frère de M. Scarafo. Naturellement, Benito en avait profité pour inviter ses amis, surtout Umberto et Pina. Anna avait rongé son frein pendant tout cet incessant va-et-vient. Leur départ : quelle joie !

Umberto et Pina avaient maintenant cinq enfants :
trois garçons et deux filles. Angelo avait trois ans de
plus qu'Antonio. Ils s'entendaient à merveille. Carlo,
le deuxième, était l'ami de Fernando, ils étaient
inséparables. Leur première fille, Bianca, avait la
placidité naturelle de son père. La seconde, Felicia,
était toute vibrante comme sa mère. Pina l'appelait
Lolita parce qu'elle chantait comme un pinson,
dansait, courait partout, du vif-argent. Le dernier,
Edouardo, avait l'âge de Pietro. Pina les adoraient et
les élevaient sans effort. Toujours en mouvement, un
rire espiègle au coin des yeux, elle ne questionnait pas
son bonheur, elle le vivait. Elle mordait dans la vie à
belles dents. Anna enviait sa jovialité, son goût de
vivre. Pina n'était pas contre l'idée d'avoir encore un
ou deux enfants. Dans deux ou trois ans ! Libre à elle,
cette chatte en chaleur ! La fréquenter ? S'ouvrir le
coeur ? Pas question ! Pina ne pouvait pas la
comprendre.

Au début, les deux familles se voyaient de temps
en temps. Une fois, lorsque les enfants étaient encore

petits, Benito avait réussi à convaincre Anna de l'accompagner. Anna avait été profondément bouleversée par l'atmosphère qui régnait chez Pina. Les jouets traînaient partout. Pina s'arrêtait souvent pour jouer ou courir après ses rejetons. Leurs expressions enfantines, leurs mimiques, la faisait rire aux éclats. Antonio et Fernando couraient partout, riaient.

— Antonio, Fernando, venez vous asseoir ! Tenez-vous tranquilles !

La voix d'Anna avait claqué comme un coup de fouet. Terrifiés, immobiles, les enfants l'avaient regardée avec effroi. D'une voix douce mais ferme, Benito avait répliqué :«Laisse Anna, ne vois-tu pas comme ils sont heureux.» Sur ce, il s'était mis à quatre pattes et avait fait le cheval pour eux.

— C'est pas croyable comme Benito aime les enfants. Regarde-le Anna !

— Tu ne m'apprends rien, Pina. Il lui faudrait un harem et des centaines d'enfants.

— Mmmmmmmm… bonne idée ça ! Qu'en penses-tu Umberto ?

— Moi… avec Pina je suis comblée. J'ai pas besoin de harem !

Pina avait passé ses bras autour du cou d'Umberto. Ce dernier souriait d'un air béat. Anna les regarda avec envie.

Pina et Umberto s'étaient achetés une maison dans le même quartier.

—Tu comprends Anna, Umberto et Benito sont comme des frères. On ne peut pas les séparer.

Anna comprenait mais elle aurait préféré qu'ils déménagent beaucoup plus loin. Les enfants étaient trop souvent ensemble. Teresa suivait Bianca et Felicia comme son ombre.

— Benito, cette petite va finir par exercer une mauvaise influence sur Teresa et Pietro. Ils sont en adoration devant cette fillette qui se donne des airs de vedette. Attends qu'elle grandisse ! Nos enfants devraient moins fréquenter ces enfants-là.

— Anna, ces enfants-là, comme tu dis, sont les enfants de Pina et Benito. Des gens en or ! Honnêtes, dévoués et leurs enfants sont très fins, bien élevés et ils réussissent bien en classe. Qu'ils fréquentent nos enfants est une bénédiction.

Anna devait bien concéder qu'il disait vrai. Comment une femme aussi écervelée que Pina avait pu réussir à élever de si bons enfants était une énigme.

— Voyons Anna, Lolita, (Benito riait en prononçant ce nom) n'est qu'une petite fille pétillante de joie. Elle est adorable. J'aimerais avoir une fille comme elle. As-tu vu comme Teresa est heureuse quand elle est avec les filles de Pina. Elle devient plus vivante.

—Un peu trop ! La vie n'est pas une partie de plaisir. Elle en oublie les bonnes manières.

— Je suis certain que tu auras tôt fait d'y remédier. Laisse-la s'amuser ! C'est de son âge !

Malgré tout, Anna n'était pas convaincue que la fréquentation des enfants de Pina, était un avantage pour les siens. Trop de laisser-aller, trop de désordre. Ça finirait par mal tourner. Ces enfants auraient tiré profit de plus de discipline. Mieux valait pour elle de ne pas formuler sa réprobation devant son mari, mais elle veillait.

D'ailleurs, elle n'avait jamais apprécié l'habitude qu'il avait prise très tôt d'inviter son oncle, sa tante et son ami Umberto presque chaque dimanche. Parfois même, il voulait recevoir, ses cousins et ses cousines et certains de ses copains avec leur famille. La maison se remplissait. Pour Anna, ces journées étaient interminables. On se serait cru dans son village, en Italie.

— Chère Anna, c'était comme ça chez nous. À défaut d'avoir ma famille, j'aime être entouré d'amis. J'adore fraterniser avec eux.

Au fil des années, Anna n'avait pas réussi à éliminer complètement les visites, mais elle les avait considérablement espacées.

Les enfants grandissaient. Fernando était celui qui lui donnait le plus de fil à retordre. Il discutait toutes ses décisions. Si elle disait blanc, il disait noir. On aurait dit qu'il prenait un malin plaisir à la faire grimper dans les rideaux. Elle, si calme, si sûre d'elle, avait du mal à se maîtriser. Il semblait lire dans ses pensées. Il était le boute-en-train de la famille, adorait ses frères et sa sœur, idolâtrait son père. Sa mère ? Il ne se gênait pas pour l'ignorer complètement. Sa froideur ? Il s'en fichait, ou du moins elle ne semblait pas l'atteindre. Au fond, c'était le préféré d'Anna mais elle ne le montrait pas.

C'était des enfants obéissants. D'ailleurs, elle ne tolérait aucun écart de langage. La politesse, les bonnes manières étaient de rigueur. Elle élevait rarement la voix, son regard suffisait. Benito trouvait qu'elle exagérait un peu, mais il ne la contredisait jamais. Une seule fois il avait exprimé son désaccord lorsqu'elle avait voulu empêcher les enfants d'aller jouer avec ceux de Pina ou des voisins.

— Anna, les enfants ne peuvent pas jouer ici.

— Et pourquoi donc ?

— Tu me demandes pourquoi ? Ils ne peuvent rien toucher, rien déranger dans la maison. Ma chère, quand des enfants jouent, ils ne jouent pas les bras croisés. Alors, ils iront jouer chez leurs amis. Ça, ce n'est pas négociable. Mes enfants ont le droit de respirer, de s'amuser.

— Tout de même, je ne suis pas une marâtre.

— Regarde notre maison ! On y vit à six ! On ne le dirait pas ! Mais je ne veux pas entamer cette discussion, Anna.

Dès la naissance de Teresa, Benito avait engagé une femme de ménage, malgré ses protestations.

— Fais-lui faire les planchers, la lessive, le repassage. Tu en as plein les bras avec le petit. Repose-toi ! Sors !

Un cadeau du ciel, cette femme ! Presque aussi méticuleuse qu'Anna. Chaque vendredi, Anna en profitait pour faire ses emplettes, se payer un peu de bon temps. Quand elle revenait, la maison reluisait comme un sou neuf. Ses voisines l'enviaient. Ses amies... elle n'en avait plus. Même Pina n'appelait que rarement.

Leur maison était propre ! Malheur à celui ou celle qui laissait traîner quoi que ce soit. Fernando avait été le plus difficile à « dresser». Une chemise par terre, un bas ici, un autre là. Il ne se donnait pas la peine de mettre son linge sale dans le panier. Un jour, en arrivant de l'école, il avait trouvé tout son linge éparpillé à travers la chambre. Il avait vu rouge.

— Maman, c'est quoi ça ? Tout mon linge par terre.

Benito était allé voir, tout était sans dessus dessous : une tornade n'aurait pas fait mieux. Le fou rire aux lèvres, il s'était réfugié dans la salle de bain. Il avait ri aux larmes. Cré Anna ! Il l'avait écoutée sermonner Fernando.

— Fernando, je t'ai dit de ramasser ton linge. Tu as une commode et un garde-robe. Tu es chanceux. Tu as le choix. Si tu préfères tout laisser traîner par terre, parfait. Je vais enlever la commode et condamner la porte du garde-robe.

— Maman, ça n'a pas d'allure ça.

— Choisis ! Je te promets de le faire ! Je ne te le dirai pas deux fois.

Grognant, il claqua les tiroirs avec fracas, il avait tout ramassé.

Il n'y avait pas d'atomes crochus entre eux. En cachette, il l'appelait : « *l comandante !* » Le commandant !

L'aîné, Antonio, avait quinze ans. Il voulait faire des études de commerce. Fernando, treize ans, travaillerait avec son père. Malgré les protestations de ses parents, il avait décidé de ne pas continuer ses études. Teresa, dix ans, ne faisait pas de vagues. Pietro, le dernier-né grandissait. Il venait d'avoir sept ans.

Benito était perplexe. Hésitant, un matin, il interrogea Anna. Il avait mal choisi sa journée. Elle s'était levée du pied gauche.

— Es-tu malade ? As-tu des problèmes...de femme ?

— Non, je me sens très bien.

— Comment se fait-il que tu ne sois pas enceinte ?

—Ça doit être ma dernière grossesse. J'ai eu des complications. Tu te rappelles ? J'espère que tu ne vas pas te plaindre. On a déjà quatre enfants. Je ne suis pas une machine à reproduction.

— Anna, c'est normal d'avoir des enfants.

—Ce sont les hommes qui ont décidé ça. Sans nous demander notre avis. Je suis pas mal tannée de me promener avec un gros ventre, de laver des couches et de me lever la nuit. Tannée, tu m'entends !

— Dis donc que tu es tannée de coucher avec moi, tannée de faire l'amour avec moi.

— Ça aussi je pourrais m'en passer. Je suis écœurée de ce tripotage qu'on appelle l'acte d'amour.

— Parce que ça t'écœure ? Ça ne te fait pas plaisir.

Sa voix était montée d'une octave et ses yeux la foudroyait.

— Non ! Si tu veux savoir la vérité. Non !

— Pourtant, au début tu ne semblais pas haïr ça.

— Au tout début, quelquefois…, mais ça fait 18 ans qu'on est marié. Ça fait longtemps que je t'endure.

— Tu aurais pu le dire.

— Ça aurait changé quoi ? Tu aurais pris ton plaisir quand même. Comme tu as fait parfois quand j'ai refusé.

— Toutes ces années, tu as donc été malheureuse ?

— J'ai fait mon devoir. Tu n'as rien à me reprocher.

— Parce que tu penses que j'ai filé le parfait bonheur ? Te voir travailler comme un robot. Sans rire, sans parler. T'occuper des enfants comme s'ils étaient des étrangers. Vivre avec une vierge offensée, une sœur martyre. Ton devoir ? Tu n'as pas appris grand-chose au couvent. L'amour, le dévouement, la chaleur humaine. Un mari, une femme, c'est tout ça. Tu as promis à l'autel. Tu te rappelles ?

— J'ai été forcée. *TU Ricordatene !* TOI ! Rappelle-t'en ! Quand on achète une femme Benito, on achète son corps, pas son coeur ni ses sentiments.

— Une femme ! Tu n'es pas une femme ! Tu es un robot ! Tu n'étais même pas une religieuse ! Tu t'étais juste cachée au couvent pour échapper à ta famille.

Elle s'élança pour le frapper mais il lui saisit le bras.

— N'essaie jamais ça. Ne t'inquiète pas. Je ne te toucherai jamais plus. Continue à te coucher avec tes chemises de nuit boutonnées jusqu'au cou.

— Si je me couchais nue comme toi, tu ne me lâcherais jamais.

— Je suis normal ! J'aime ma femme. J'aime faire l'amour avec elle. Je la désire. Et, quand tu es malade, je sais me retenir.

— Ça serait bien le comble, si tu ne pouvais pas.

— Pauvre Anna ! Tu es chanceuse ! Bien des hommes…Ah ! laisse…Tu n'auras plus à m'endurer. D'ailleurs, faire l'amour avec un glaçon ! È *piuttosto deludente !* C'est plutôt décevant !

Il partit en claquant la porte.

Enfin débarrassée ! Fini les embrassades, les attendrissements qui finissaient toujours par l'inévitable. Fini ce liquide visqueux qu'elle abhorrait. Elle savait l'avoir blessé dans son orgueil d'homme. Tant pis ! Quel gâchis !

L'après-midi même, un camion avait livré deux lits simples et une table de chevet. Quand le livreur avait sonné, elle avait d'abord cru à une erreur. Il avait insisté. M. Scarafo avait été formel. Ces lits devaient être livrés le jour même.

Après souper Benito avait démonté leur lit double et l'avait remisé. Les lits simples avaient pris sa place.

— Tout de même, tu aurais pu m'en parler avant de décider de changer toute notre chambre.

— C'est ce que j'ai fait hier. Tu ne t'en rappelles pas ? C'était pourtant très clair.

— Je ne te trouve pas drôle, Benito Scarafo.

— Ah, ma chère, ce n'est pas drôle ! C'est même triste à mourir. Mais c'est comme ça. Finies les discussions. Je ne reviendrai plus jamais sur ce sujet.

— Benito, attends. Je n'ai pas voulu...

— Arrête, Anna, avant que j'oublie que tu es la mère de mes enfants. *Lo esco*. J'sors.

Pour Anna, l'arrivée des lits simples ne lui avait pas apporté l'apaisement qu'elle escomptait. D'abord, les enfants étaient inquiets. Ils sentaient qu'il se passait des choses graves entre leur père et leur mère. Benito s'était empressé de les rassurer :

— Ne vous en faites pas. Vous n'y êtes pour rien. Nous vous aimons et jamais, jamais je ne vous abandonnerai.

Ils l'avaient cru sur parole. Convaincus de l'amour de leur père, ils lui faisaient entièrement confiance. Leur mère ? Un peu moins ! Elle ne les aimait pas beaucoup, bien moins que leur père.

Les choses étaient tout autre pour Anna. Benito était poli. Plus le moindre geste de tendresse, pas le moindre effleurement. Pire encore, il l'ignorait. Il ne se déshabillait plus devant elle mais il prenait toujours le même soin de sa personne. Finies les sorties à deux. Les confrères de travail s'arrêtaient rarement pour discuter. Quand il sortait, il ne disait plus où il allait. Tiré à quatre épingles, beau comme un dieu romain, elle le regardait s'éloigner et son coeur se serrait. C'était son mari. Dans son for intérieur, il lui manquait. Se réveiller dans ses bras, sentir la chaleur de son corps, de ses lèvres douces et sensuelles, même... même... le... sexe lui manquait. Elle n'avait pas osé se l'avouer mais être ignoré était encore pire qu'être *fare le cocolle*, tripotée.

Il y avait deux ans qu'ils ne dormaient plus dans le même lit. Au début, elle avait ignoré Benito. Son orgueil l'empêchait de lui montrer sa déception, sa peine. Les jours, les semaines s'étaient succédés, impitoyables. Elle essayait de décortiquer ses pensées, de rationaliser son attitude. Son coeur s'alourdissait comme un nuage prêt à éclater. N'en pouvant plus, un soir, elle l'avait attendu.

— Benito, on ne peut plus continuer ainsi.

— Tu cs malade ? Les enfants ? Alors, quoi ? De quoi te plains-tu ? Est-ce qu'il te manque quelque chose ? As-tu besoin d'argent ?

— Non, Benito, mais on vit comme des étrangers.

— Ça, ma chère, tu l'as voulu ! Et ne me demande pas de revenir comme avant. Jamais ! J'ai passé vingt ans à essayer. Je t'ai aimée jusqu'à la bêtise. Vingt ans, Anna, à me sentir comme un violeur, un salaud. Tu sais… celui qui a enlevé celle qu'il aimait contre son gré. Combien de fois j'ai regretté mon geste ! Qu'est-ce que je pouvais faire ? Penses-tu être la seule à avoir souffert de la perte du petit Benito ? Pas une seule journée ne passe sans que je pense à lui. Mais sacre bleu ! on a quatre beaux enfants, une belle maison. Je ne t'ai jamais rien refusé. J'ai été fidèle même si tu me traitais comme un violeur.

— Benito. Tout de même !

— Non, Anna, j'ai plus de quarante ans. Je ne recommencerai pas cette vie-là. J'ai trop souffert. Le pire c'est que tu n'étais même pas une religieuse. Tu n'avais même pas la vocation.

— Comment oses-tu ?

— La Mère supérieure me l'a dit ainsi que ta tante Célia.

— Quand ? C'est faux !

— Avant notre mariage, je voulais savoir. Penses-tu que je t'aurais enlevée du couvent si j'avais su que tu avais la vocation ?

Elle se laissa choir sur le lit. L'air avait quitté ses poumons.

— Si la Mère supérieure t'a dit ça c'est parce que ça faisait son affaire. Si elle t'avait parlé du méprisable chantage que Monseigneur Serpico avait utilisé pour me convaincre de t'épouser, tu aurais peut-être reculé : «Mon enfant, nous allons devoir fermer le couvent, les religieuses seront dispersées. Nous avons besoin de l'argent des Scarafo, sinon ce sera notre ruine, etc.» C'était ses paroles. Je le jure ! J'aimais ce couvent. J'ai versé des larmes de sang.

— Mais, je croyais que tu avais accepté de bon gré. J'aurais donné ma vie pour toi. Au fond, tu l'as prise et tu m'as donné les miettes. Maintenant, il est trop tard. Je n'en peux plus.

— Alors, tu vas prendre ton plaisir avec *una puttana*, une putain.

— Je n'ai pas besoin d'une putain et, au moins, elles sont honnêtes. Mais ça, Anna, ça ne te regarde même plus. La flagellation, très peu pour moi. Ton corps de sainte-nitouche garde-le pour toi. Il va sécher comme ton coeur. *Buona notte !* Bonne nuit !

Elle se réfugia sur la véranda. Seule ! Les paroles de Benito l'avaient atteinte au plus profond de son être. Elles lui martelaient le coeur : «Vingt années à se sentir comme un violeur.» Il avait donc tellement souffert. Anna n'avait pas pensé qu'il ait pu être si malheureux. Il adorait ses enfants, ils le lui rendaient bien, le suivaient partout. Il les réprimandait rarement, ils les embrassait, les taquinait. C'était son plaisir ! Il était un bon père. Les enfants étaient sa vie. Dès leur naissance, ou plutôt dès leur conception, son coeur débordait d'amour pour eux. Jamais trop fatigué pour les écouter. Il aurait aimé en avoir une douzaine. Heureusement qu'elle veillait, pensa-t-elle.

Elle pensait être seule à souffrir. Elle n'avait pensé qu'à elle. Tout était fini entre eux. Le plaisir d'être enfin libre avait un goût d'amertume. Cette nuit lui en rappela une autre. Celle où elle avait appris que Benito allait l'épouser. Monseigneur ! Sa Mère supérieure ! Trahie ! Abandonnée ! Sa vie ? Elle pouvait l'écrire en lettres de sang. Qu'allait-elle devenir si Benito prenait une maîtresse ? À moins que ce ne soit déjà fait. Bel homme, aimant la vie, on recherchait sa compagnie. Il n'avait pas son pareil pour charmer un auditoire. Certaines femmes ne se gênaient pas pour flirter avec lui. Il n'avait jamais triché... jusqu'à maintenant.

Souvent, le dimanche, ils allaient pique-niquer sur le Mont-Royal avec les enfants. Plus tard, il l'amenait parfois souper au restaurant. Qu'allait-elle faire maintenant ? Si ses débuts avaient été difficiles, ce n'était rien à côté de ce qui l'attendait. Benito n'était pas du genre à faire semblant. Il n'y aurait plus d'amis invités à leur table. D'ailleurs, il y avait longtemps qu'ils ne se sentaient pas à l'aise avec elle. Dans son dos, ils l'appelaient : «Mère supérieure ! »

Si Benito lui avait dit des bêtises, elle aurait pu lui répondre. Il se contentait de l'ignorer. Quel culot ! Oser dire qu'elle n'avait pas la vocation. Qu'elle l'ait eue ou non, ne le regardait pas. Elle avait été heureuse au couvent. Elle aurait pu être heureuse avec Benito. Elle s'était butée... sans raison. Elle resterait enfermée dans sa solitude. Personne ne comprendrait. N'avait-elle pas tout   pour être heureuse. Mais, à chaque objection, une voix intérieure trouvait toujours moyen de justifier sa façon d'être.

Cinq ans plus tôt, en octobre 1964, Umberto était décédé. Un accident stupide, un moment d'inattention. Une poutre s'était détachée et l'avait précipité sur une rampe de métal. Pina avait été atterrée. Le choc avait éteint la flamme dans ses yeux. Benito aussi avait été très affecté. C'était un peu son frère, son homme de confiance. Benito avait aidé Pina, avait consolé ses enfants. Maladroitement, Anna s'était offerte, mais leur amitié s'était effritée depuis trop longtemps. Leurs rapports étaient gauches.

Les affaires de Benito prospéraient. Fernando travaillait avec lui de même que Carlo, le fils de Pina. À quinze ans, il avait insisté auprès de Benito pour qu'il le prenne à son service. Au début, Benito avait refusé, mais Fernando et même Pina s'étaient mis de la partie.

— Écoute Benito ! Il veut plus aller à l'école. S'il fait pas l'affaire, tu le congédieras. J't'en voudrai pas, certain !

Au grand plaisir de Fernando, Benito avait cédé.

Tous deux ils formaient une équipe du tonnerre. Joyeux, iIs travaillaient sans relâche. Deux ans après le décès d'Umberto, Benito avait engagé Pina comme réceptionniste.

— Benito, tu me sauves la vie. Umberto n'avait pas de dettes mais notre peu d'économies fond à vue d'œil. Au moins là, on pourra respirer. Tu le regretteras pas. J'vais travailler dur.

— T'en fais pas Pina. Je sais que tu seras à la hauteur.

—Je vais faire mon possible. Même que j'ai décidé de prendre des cours pour la tenue des livres. Et, je vais m'efforcer de bien parler… comme toi Benito.

Pina avait tenu parole. Peu à peu, son courage et sa détermination avaient eu raison de sa peine. De temps en temps, on entendait son rire cristallin avant de franchir la porte du bureau. Quelle femme ! En la regardant, Benito pensait à Anna. Quelle contraste. Si seulement Anna avait voulu…

Anna ne voyait Pina qu'aux fêtes. Les amis de Benito trouvaient qu'il était bien à plaindre. Anna était trop froide, trop collet monté. Son enfance l'avait laissée révoltée. L'absence d'amour, de chaleur humaine avait anesthésié ses émotions. Les désirs, les envies réprimés et enfin son retrait forcé du couvent avaient fait d'elle une femme incapable de s'épanouir. Orgueilleuse, elle refusait de penser qu'elle devait s'amender, admettre ses torts.

Avec le temps, elle se demandait si elle avait été une victime ou si elle avait sa part de culpabilité ? Devait-elle faire son mea- culpa ? Tout se bousculait dans sa tête. Si seulement elle avait pu pardonner, mais la révolte et la rancœur avaient trop été ses fidèles compagnes.

Anna marchait dans son jardin, elle rongeait son frein. Depuis sa dernière altercation avec Benito, certains mots prononcés revenaient la harceler : corps de sainte-nitouche, corps séché…. Ils exacerbaient sa rancune, sa colère ! Son oasis de paix ne parvenait pas à atténuer le ressentiment qui la tourmentait. Son souffle tuait les fleurs !

— Maudit sois-tu, Benito ! J'ai de l'argent. Je vais partir seule. Tu verras ! Tu vas ravaler tes mots ! Tu vas me payer ça !

On était en mai. Elle rumina son plan. À la fin juin, les enfants seraient en vacances. Elle partirait avec Teresa et Pietro. Elle n'avait pas le choix. Teresa n'avait que quatorze ans et Pietro, neuf. Les autres se débrouilleraient. Antonio serait en vacances. Fernando et lui seraient heureux d'être avec leur père. Ils s'entendaient à merveille. Qu'ils s'arrangent ! Ils se méritaient. Maudits hommes !

Fébrile, elle organisa son départ en cachette : autant faire la surprise à Benito. Tout fut minutieusement préparé. Elle irait d'abord à Rome puis à Venise. Ensuite, une courte visite à ses parents, mais pas à ses frères ! Pas de voyage en bateau cette fois. Ils voyageraient en avion. En vingt-deux ans, son compte en banque affichait la jolie somme de 4 258 dollars. Une fortune !

Le jour du départ, elle avertit Teresa et Pietro qu'ils partaient en voyage l'après-midi même.

— Mais papa n'est pas ici. On ne peut pas partir.

— Écoute Pietro. Ton père ne peut venir. Il a trop de travail. On part juste nous trois.

— Mais je n'ai pas dit au revoir à papa.

Teresa pleurait. Elle ne voulait pas partir.

— Il ne nous a pas embrassés. Est-ce qu'il sait qu'on part ?

— Voyons, Pietro, bien sûr. Il était trop pressé ce matin. Il ne voulait pas vous réveiller.

— Papa n'oublie jamais de nous embrasser. Je veux l'attendre.

— Teresa ! Je te donne dix minutes pour ramasser ce que tu aimerais emporter. Toi aussi Pietro.

— Notre linge ? On n'est pas prêt.

— J'ai tout préparé, hier.

— Et tu ne nous l'as pas dit ! Pourquoi ?

— Si papa le savait hier pourquoi il n'a rien dit ?

— Je voulais vous faire une surprise.

— Je ne l'aime pas ta surprise, maman. On n'a pas dit au revoir à Fernando et Antonio. Je veux les attendre.

— Pietro, tu vas l'aimer. On prend un gros avion, un 747. On va à Rome puis on va voir vos grands-parents.

— Grand-papa et grand-maman Scarafo ? Je les aime.

Ils sont fins. Quand ils sont venus, j'avais juste trois ans.

— Tous les matins grand-maman venait nous embrasser. Moi aussi je les aime. Ils sont fins.

— Oui, Teresa. Et tu verras tes autres grands-parents.

— On les connaît pas. Tu n'en parles jamais.

— Vous allez les connaître. Vous verrez, vous allez aimer ce voyage. Vite, Teresa, le taxi sera ici dans vingt minutes. Toi aussi Pietro, grouille !

Malgré la perspective d'un voyage en avion et la joie de retrouver leurs grands-parents, ils partirent à contrecœur. La tête tournée vers la maison, le regard triste, ils la contemplèrent jusqu'à ce qu'elle soit hors de vue. Une partie de leur coeur refusait de suivre. Le 30 juin 1969, ils atterrissaient à Rome.

À dix-huit heures trente Benito et Fernando rentrèrent à la maison. Antonio s'était arrêté chez un ami.

— Il n'y a personne ? J'ai faim.

Fernando enjamba l'escalier quatre à quatre pendant que Benito pénétrait dans sa chambre. Personne... «Voyons, où est Anna ? » Elle ne lui avait pas dit qu'elle serait absente. Il s'avança vers la garde-robe... vide ! «Tiens, elle a décidé de faire le ménage ! Elle doit être partie magasiner. Elle a oublié l'heure.» Il entra dans la salle de bain. Les affaires d'Anna n'étaient plus sur la table de maquillage. Un pressentiment l'envahit. Il revint dans la chambre et aperçut l'enveloppe qui trônait, bien en évidence, sur sa commode. Troublé, il l'ouvrit.

« Benito. Je ne pense pas que mon départ te dérange beaucoup. Tu ne veux vraiment plus de moi, alors je pars. J'ai emmené les deux derniers. Tu pourras très bien te débrouiller sans moi avec les deux autres. La femme de ménage est prête à venir plus souvent et à préparer les repas. Je pars pour quelques mois, peut-être plus. Je vais en Italie. J'irai voir la famille. Tu as décidé de vivre en célibataire. Tu ne veux plus rien de moi si ce n'est que je tienne ta maison et que je m'occupe des enfants. Tu n'as pas besoin de moi pour ça. Une étrangère peut très bien le faire. Je ne vivrai pas avec toi comme une étrangère. Je suis ta femme. C'est toi qui l'a voulu.»

Sidéré, Benito se laissa choir sur le lit. «Ce n'est pas possible ! Elle m'a quitté ! Partie en Italie ! Partie avec mes deux enfants... partie en cachette, sans dire un mot ! Comme une voleuse ! Maudite Anna ! Tu me feras donc souffrir jusqu'à ma mort ! »

Un gémissement de douleur mêlé de colère lui échappa.

— Papa, où est maman ? Et Pietro et Teresa ? Ils ne sont nulle part. J'ai regardé partout.

Fernando était entré en coup de vent, avait posé ses questions d'un trait, le regard inquiet.

— Ils sont partis en voyage... en Italie.

— EN I-TA-LIE ? Quand ça ? Ça ne se peut pas ? Pourquoi elle nous en a pas parlé ? Pourquoi ? Elle nous a pas dit au revoir ? Tu le savais toi, papa ?

La déception se lisait sur son visage.

— Oui, oui. J'ai oublié de vous en parler.

— Et maman aussi a oublié ? Me prends-tu pour un idiot ?

« Le commandant » n'oublie JAMAIS rien. J'ai même pas embrassé Teresa et Pietro... même pas dit au revoir !

Les larmes aux yeux, il suppliait son père de lui donner une explication.

Qu'est-ce qui se passait?…sa mère partie sans lui dire un mot.

— Je ne sais pas. Moi non plus je leur ai pas dit au revoir. J'étais trop occupé. J'ai oublié. Pardonne-moi !

— À d'autres, papa. Pas à moi. Je ne peux pas croire que tu étais au courant. Personne ne le croira non plus, papa. Elle est partie. Ma mère est partie sans me dire un petit bonjour !

Déconcerté, Fernando arpentait la chambre de long en large.

— Je suis certain que tu l'ignorais toi aussi, papa. Je n'ai plus cinq ans. Ne me prends pas pour un débile ! Elle s'est sauvée. Avec mon frère et ma   sœur ! C'est pas croyable !

— Non, non, je te dis qu'elle va revenir. Crois-moi.

— J'espère que tu as raison. Je n'ai jamais vu une mère pareille. Pas un mot, pas un petit bec avant de partir ! Il fixait son père. *Che comandante !* Cré commandant !

— Nando, je t'en prie, calme-toi. Je suis là.

— Ok ! papa. C'est bien pour toi ! Elle ne m'a pas demandé si j'aimerais aller en voyage, en Italie.

— Est-ce que tu aurais aimé y aller ?

— Non ! J'aime mieux rester avec toi mais elle... elle aurait pu..., elle aurait dû....Quand est-ce qu'elle revient ?

— Dans deux mois, pour le début des classes. Va te changer. On va souper. Le repas est prêt.

En moins de deux, Fernando était monté. Il avait lancé tous ses vêtements sales un peu partout. Pour se venger, il avait vidé ses tiroirs sur le plancher. «Tiens, Commandant ! »

Sur ces entrefaites, Antonio était arrivé. Fernando déballa tout d'un trait. Son père semblait avoir pris un coup de vieux. Le coeur gros, Antonio le regarda.

— Pas même un au revoir ! Elle ne nous a même pas dit au revoir… je vais penser à vous autres... je vous aime. Rien !

Ces derniers mots lui échappèrent dans un sanglot. Benito s'avança, mais il s'éloignait déjà. «Laisse papa ! Je ne sais pas ce qui se passe dans cette maison. Depuis deux ans, vous ne couchez plus dans le même lit ! Je ne sais pas pourquoi tu l'as épousée ! »

Maudite Anna ! Si elle avait été devant lui à ce moment même, il l'aurait tuée. Faire souffrir leurs enfants, les laisser sans un mot, sans un geste. Enlever ses petits, ce qu'il avait de plus cher au monde. Il en demandait peu pourtant : un peu d'affection. Elle lui faisait chèrement payer le couvent, les grossesses, l'amour. Qu'allaient-ils devenir ? Qu'allaient penser leurs amis ? La peine, la colère, la honte se partageaient son cœur.

Le souper fut silencieux. L'estomac en boule, ils mangèrent peu. Antonio sortit et ne ne revint qu'aux petites heures du matin, complètement ivre : sa première cuite. Benito l'aida à se mettre au lit. «Papa, pourquoi elle nous aime pas, maman ? Pourquoi avoir des enfants, si on les aime pas ? » Blotti dans les bras de son père, il pleura son enfance sans amour. «On a pas une vraie mère... papa... elle nous aime pas... puis toi papa... elle t'aime encore moins... mais toi tu nous aimes, toi t'es un vrai père... le meilleur... papa… »
Si elle était apparue devant lui, Benito ne savait pas s'il aurait pu contrôler sa colère.

La nuit fut longue. Au matin sa décision était prise. Si elle n'était pas de retour dans un mois, il irait la chercher. Deux jours plus tard, alors qu'il finissait son souper, un policier sonna à la porte.
— Vous avez un fils qui s'appelle Fernando ? Venez tout de suite !
— Oui, oui. Qu'est-ce qui se passe ?

— Il est arrivé un accident.

— Il n'est pas mort ?

Blanc comme un linge, il chancela. Le policier le retint.

— Calmez-vous ! Il n'est que blessé.

— C'est grave ? Il va mourir ?

— Une fracture. Il va s'en tirer. Une voiture l'a renversé.

— Mon Dieu, sauvez mon enfant ! Il est innocent.

En un temps record, il était au chevet de Fernando. Il faillit perdre connaissance en le voyant. Une jambe cassée, des déchirures au bras, des ecchymoses partout. Il était méconnaissable.

— Comment est-ce arrivé, Nando ?

— C'est... c'est... Paolo. Il a dit que maman... nous avait... quitté… pour de bon. Je voulais... le tuer. Il s'est sauvé. En traversant la rue pour essayer de le rattraper, j'ai...

Fernando aurait pu mourir…à cause d'Anna. Benito ne savait plus à quel saint se vouer. Tout lui tombait sur la tête. Le départ d'Anna avait fait le tour du quartier.

L'accident de Fernando mobilisa ses amis. Pina arriva en trombe et organisa les opérations. Sa bonne humeur fut un baume pour Benito et ses fils. «Ha ! Une chance ! Le patron m'a laissée partir, Benito. C'est un bon gars... des fois. Cré Benito ! C'est ça un homme ! Dès que sa femme prend de petites vacances bien méritées, il sait plus quoi faire. Une chance pour toi qu'on soit là ! »

Taquinant Fernando, elle le faisait sourire malgré ses douleurs.

— Monsieur voulait se faire remarquer, se faire dorloter. Alors, monsieur se jette sous une voiture.

— Non, non, jamais.

—Tut… tut…tut... On connaît ça ! On va peut-être te chouchouter... un petit peu... pas trop. Faudrait pas que tu aimes tellement ça et que tu te casses l'autre jambe. Grouille-toi de guérir. Un Scarafo ça ne se laisse jamais abattre, hein Benito ?

— Non, certain ! Surtout quand tu es là.

Le courage lui revenait. Fernando souriait malgré lui.

— On va organiser tout ça.

Benito l'aurait embrassée. Les yeux pleins d'eau, il murmura :

« Merci, Pina , merci. »

— Ça va, ça va ! N'essaie pas de m'attendrir pour te faire dorloter toi aussi. Ça ne marchera pas !

Fernando pleurait et riait. Le coeur chaud, il se sentait mieux.

— Non, non ! C'est juste moi qui suis amoché.

Plus tard, après avoir consulté le médecin, Benito expliqua à Fernando et Antonio que si tout se passait bien, dans quatre à six semaines, ils iraient à la rencontre de leur mère .

— Votre mère n'aime pas voyager seule. Et on a besoin de changer d'air. De petites vacances…rien que nous trois ?

— Ah oui ! On n'est jamais allé en Italie. On veut revoir grand-papa et grand-maman Scarafo.

— Ça va coûter cher, papa ?

— Antonio, ne te tracasse pas pour ça. On n'est pas dans la rue.

Avec un sourire, il ajouta : «Je gaspille juste votre héritage.»

— D'accord, papa. On y va ensemble.

Ému, Antonio serra son père dans ses bras. Fernando pleurait de joie.

Fernando ne resta que huit jours à l'hôpital. Pina et ses fils venaient le voir tous les jours. Gâteaux, biscuits… elle le gâtait, le taquinait. Une cure d'amour !

— Vous savez, Pina, je suis content d'être malade. Je n'ai jamais été aussi gâté. Je serais prêt à me casser l'autre jambe.

— Voyez-vous ça ! Ne te mets pas dans la tête de te blesser à nouveau, mon grand sacripant. Ah ! si j'étais plus jeune !…

Elle lui ébouriffa les cheveux. Anna ne connaissait pas sa chance. Un homme comme Benito et des enfants qui ne demandaient qu'à être aimés.

Cinq semaines plus tard, Benito achetait les billets. Pina avait préparé leurs valises. « Ramène-la Benito. Il le faut. » Il avait fait des recherches. Anna avait été à Rome, puis à Venise et elle était remonté vers le nord. Elle avait loué une petite maison à une cinquantaine de kilomètres de chez ses parents. Après avoir consulté le gérant de banque d'Anna et l'avoir menacé des pires représailles, il avait révélé le montant qu'elle avait retiré et ce qui lui restait.

— Wow ! Pas folle Anna. Je me suis tressé une corde pour me pendre ! Elle avait réussi à économiser plus de quatre mille dollars. Pourtant, les enfants étaient toujours bien vêtus. Ils ne manquaient de rien. Ils mangeaient bien. Pas folle du tout Anna. Lui .... pas fin, fin. Il retira le solde et ferma le compte. Le gérant craignait la réaction d'Anna, mais il ne put qu'acquiescer. C'était la loi.

Le 10 août, ils s'envolaient vers l'Italie. Fantastique ! Fernando ne tenait plus en place, touchait à tout. Il firent honneur aux vins et à la bonne chair. Un interlude bienfaisant. Antonio et son père se mêlaient aux passagers, jasaient, se détendaient. Ce furent des journées de paix, un bienfait pour eux. Les deux hommes attiraient les regards. S'ils avaient voulu !

Le 11 août, ils arrivèrent chez Anna à l'improviste. Elle étendait du linge sur une corde à linge. Sa robe, plaquée sur elle par une légère brise, révélait les courbes gracieuses de son corps de déesse. Benito en eut le souffle coupé. Seigneur ! Qu'elle était belle ! Encore plus belle qu'à vingt ans. Svelte, le port altier, frémissante de vitalité, une taille de jeune fille. Il y avait quelque chose de fauve dans la façon dont elle se mouvait. Elle le « vampirisait». Si femme, si distante ! En les apercevant, elle laissa tomber la serviette qu'elle épinglait. Estomaquée, la bouche ouverte, elle les regardait.

— Maman, tu ne nous reconnais pas. On t'a surprise, hein ? Tu ne nous attendais pas.

Antonio riait de sa déconfiture. Benito s'avança, la prit dans ses bras. Teresa et Pietro arrivèrent et se jetèrent sur leur père. Sautant, riant, ils parlaient tous à la fois. Finalement, ils rentrèrent les valises à l' intérieur. Benito mit la sienne dans la chambre d'Anna.

— Mais…Teresa couche avec moi.

— Couchait, Anna, couchait. Elle va changer de chambre.

— Mais...

—Ne commence pas Anna. Tu as déjà dépassé les bornes... on réglera ça plus tard, ce soir.

Une colère sourde, terrifiante, lui donnait un air meurtrier. Elle se tut. L'heure n'était pas à la confrontation. Lorsqu'ils se trouvèrent enfin seuls, Benito l'entraîna à l'extérieur. Elle n'osa refuser de le suivre. Ils marchèrent en silence puis Benito s'immobilisa. Longuement, il la regarda. Les yeux au loin, elle évitait son regard.

— Anna, nous avons des choses à régler. Ce que tu as fait est terrible. Tu m'as enlevé mes enfants. Tu es partie avec mon argent. Tu es partie comme une voleuse.

— Pardon, ce sont aussi mes enfants.

— Ce que tu as fait là, est illégal… un enlèvement. Je pourrais te faire arrêter. Mais c'est surtout cruel. Je n'aurais jamais imaginé que tu aurais pu faire une chose pareille. M'enlever mes enfants, ce que j'aime le plus au monde. Tu le sais. Puis l'argent que t'as ramassé en cachette.

— C'était l'argent que tu me donnais.

— Pour les enfants, pour tes dépenses, pas pour te sauver... D'ailleurs ça, c'est réglé. Tu n'avais même pas le droit d'avoir un compte sans ma permission.

— Écoute bien, Benito, je...

— Tais-toi, tais-toi ! Tu as voulu te venger. Pourquoi ? Tu ne voulais pas de mon amour. Tu ne voulais pas mon corps près du tien. Quand je t'ai laissée seule, tu es partie. Sais-tu que Nando a failli mourir à cause de toi.

Il lui raconta tout. Elle pâlit, se tordit les mains.

— Oui, une jambe cassée, les muscles d'un bras déchirés, des bleus partout, le visage méconnaissable. Et toi, sa mère enfuie avec mes enfants. Quelle sorte de mère es-tu ? Quelle sorte de femme es-tu ?

— Si j'avais su.

— Si tu avais su quoi ? Tu serais revenue ? Tu étais à Rome, partie sans avoir embrassé tes deux autres enfants. Y penses-tu ? Tonio et Nando étaient blessés, humiliés que tu ne leur aies pas demandé de t'accompagner. Ils croient encore que tu les aime.

— Je n'ai pas réfléchi.

— Anna, insulte pas mon intelligence ! Tu ne fais rien sans réfléchir. Un voyage comme celui-là, ça s'organise... en cachette... comme un malfaiteur. C'était tout ce qu'il y a de réfléchi.

— Qu'attends-tu de moi ?

— Que tu reviennes à la maison. Notre maison, avec nos enfants. Si je ne te dégoûte pas trop, je voudrais qu'on essaie de vivre comme mari et femme.

— Si je refuse ?

— Parce que tu penses refuser ?

— Non, mais...

— Si tu refuses, tu restes seule. Je repars avec les enfants. Je te coupe les vivres et tu ne rentreras plus jamais dans notre maison. Si tu refuses... c'est fini... à jamais. Réfléchis bien, Anna. Je ne vivrai plus jamais ce cauchemar-là. *Mai !* Jamais !

Il tourna les talons et partit sans l'attendre…

Elle était allée un peu loin. C'était sa faute à lui aussi ! Il ne la voulait plus…il avait fait lit à part. Le choc de sa fuite l'avait bouleversé. Tant pis ! Mais l'accident de Fernando la tourmenta. Pauvres enfants ! Ils payaient pour la bêtise de leurs parents. S'il était mort ? Réfléchir ? Faire un choix ? Quel choix ? Se soumettre et partager sa couche ? Tout était préférable à l'isolement auquel il l'avait condamné. Elle accepterait, mais elle ne lui remettrait pas son argent. Il lui appartenait. Tout de même !

Quand elle entra dans sa chambre, Benito y était déjà. Les préambules étaient inutiles.

— Je retourne à la maison. Cependant, mon argent, je le garde. Je l'ai gagné en économisant, en courant les aubaines.

— Tu veux pouvoir repartir à ton gré, quand tu te sentiras persécuté.

—Non ! Je te donne ma parole. Je te jure que je ne partirai plus.

— Ta parole ? Elle ne vaut pas cher. Tu me l'as donnée et regarde où ça nous a menés. Pour l'argent, c'est trop tard. J'ai fait annuler tous les chèques qui te restent. Avec ce que tu avais emporté, tu aurais pu vivre au moins un an. Je ne peux pas vivre si longtemps sans mes enfants. Si tu veux aller en vacances, partir un mois, je veux le savoir. Tu en parleras aux enfants. Tu auras l'argent nécessaire. Je ne les laisserai pas vivre un autre enfer. Ni à moi ! Alors ? Tu es d'accord ?

— Oui.

— Je me couche ! J'ai mal dormi ces derniers temps.

En un clin d'œil, il fut déshabillé, couché et endormi.

Quel gâchis ! Il avait dû souffrir. Son visage en portait les signes. Son départ, l'accident de Fernando, leurs amis... Benito était orgueilleux. Elle l'avait profondément blessé. Est-ce qu'il l'aimait encore ?

Elle alla voir les enfants. Ils ne dormaient pas. Assis ensemble, ils parlaient, riaient. À sa vue, ils se turent.

— Voulez-vous quelque chose ? Ça va Fernando ?

— Parce que ça vous intéresse ? Laissez-nous !

Leurs regards exprimaient la rancœur. Ils lui tournèrent le dos. Teresa et Pietro savaient qu'elle était partie en cachette. Ils lui en voulaient.

Anna se glissa silencieusement sous les draps. Au réveil, Benito avait son bras autour de sa taille mais il n'alla pas plus loin. Elle ne céderait pas à tous ses désirs. Le lendemain soir, il lui fit l'amour, brièvement, sans grande passion. Son corps avait besoin d'être satisfait. Il l'aimait encore mais pas de cet amour passion, de cet amour sans borne qu'il avait eu pour elle depuis son enfance. Cet amour-là était bel et bien mort.

Ils se rendirent d'abord chez les parents d'Anna. Son père était enchanté de la voir, de voir ses petits-enfants. Il allait de l'un à l'autre, émerveillé.

— Que j'suis content d'vous voir. T'as pensé à ton vieux père, Anna. Regardez-moi ces beaux enfants. Toi, Anna, t'as l'air d'une reine, pas une comtesse… une reine.

Sa mère se traînait péniblement. Un peu perdue, elle marmottait sans arrêt. Anna ne ressentait plus rien pour elle. Ses frères étaient mariés. Seul Mario s'occupait de leurs parents.

Cette visite avait stupéfié les enfants. Leurs regards allaient des grands-parents à leur mère. Elle, si distinguée, si « royale», ne pouvait avoir été élevée dans cette maison. Et leur grand-mère ! Impossible… Anna comprit ce qu'ils ressentaient. Pourquoi être venue ? Elle se sentit diminuée. La visite fut brève.

Ce fut le tour des Scarafo. L'euphorie totale ! La table fut mise et le vin, tiré. Les enfants dévoraient, parlaient, riaient. Anna essaya de les retenir. Peine perdue.

— Laisse, Anna. Ces enfants-là, c'est le soleil dans notre maison. On n'arrête pas le soleil de briller. Ils ont grandi, mais sont-ils toujours aussi fins.

Cette maison respirait le bonheur.

Les enfants n'avaient jamais semblé aussi épanouis. Ils étaient méconnaissables. Ils étaient prêts à passer le reste des vacances avec les Scarafo.

Une grande tristesse s'abattit sur elle. Être comme eux ! Même en essayant de leur montrer de la tendresse, ces mots sortaient faux, froids. La chaleur s'enfuyait dès qu'elle ouvrait la bouche. Une marionnette ! Voilà ce qu'elle était. Une marionnette de chair et d'os... articulée, mais sans émotions.

Les enfants se rapprochèrent encore plus les uns des autres durant ce voyage. Ils s'éloignèrent d'elle. Ils en avaient des choses à se raconter. Teresa et Pietro se collaient souvent contre leur père. Il leur avait manqué.

«Je n'irai plus jamais en voyage sans toi papa. Ce n'est pas pareil», s'exclama Teresa. «Moi non plus ! Personne ne pourra me forcer » ajouta Pietro.

Benito les rassura : « Ne vous en faites pas. Quand on voyagera, on le fera ensemble.

Ils souriaient, ravis.»

Dès le retour à Montréal, Anna et Benito reprirent leur vie commune. Le lit double revint dans leur chambre. Ils faisaient des efforts. Benito était attentionné. Un semblant de douceur filtrait dans son regard, dans ses gestes, mais elle le sentait sur ses gardes. Il n'avait plus confiance en elle. Elle aussi faisait des efforts pour réchauffer l'atmosphère. Les enfants se méfiaient.

Deux mois plus tard, les maux de coeur apparurent. Au début, elle crut à une indigestion. Comme ils persistaient, elle dut se rendre à l'évidence. Enceinte ! Encore enceinte ! Elle refusait d'y croire. Pourtant, les signes ne mentaient pas. La moutarde lui monta au nez. Enceinte à quarante ans...recommencer ! Les couches, les biberons, les nuits blanches, elle aurait hurlé. Des pensées inavouables la tourmentaient. La réaction de Benito fut tout autre.

Dès qu'il apprit la nouvelle, il fut aux anges.
— Tu as juste quarante ans, Anna.

— Oui, et j'étais débarrassée. Enfin, un peu libre. Tu ne trouves pas que quatre enfants, c'est assez.

— Oui... mais... on a la chance d'en avoir un autre. C'est Dieu qui nous l'envoie !

— Ne me fais-moi pas rire ! Dieu ? Tu n'es pas si obtus...

— *Offuso ?* Obtus ? Peut-être ! J'aime les enfants. C'est le but du mariage : fonder une famille, avoir des enfants.

— Tu me fais penser aux curés qui crachent l'enfer et la damnation sur toutes les femmes qui ne veulent plus avoir d'enfants.

— Je ne te comprends pas. On a les moyens de faire vivre plusieurs enfants. Si tu trouves que c'est trop de travail, la femme de ménage viendra tous les jours

— Ah ! Benito. Tu ne comprendras donc jamais !

— J'essaie, Anna. J'essaie ! Avoue que tu es difficile à comprendre. Je t'en prie. Arrêtons de nous disputer. On va avoir cet enfant. Après, je ferai attention.

— TU feras attention ! JE ferai attention ! Comme avant…ma méthode est infaillible.

— Qu'est-ce que tu veux dire ? Parce que...tu as fait ça ?

Elle l'aurait giflé qu'il n'aurait pas été plus choqué.

— C'est donc pour ça que tu ne tombais pas enceinte... Pauvre idiot ! Moi qui te croyais quand tu me disais que c'était parce que ton dernier accouchement avait été difficile. Tu m'as bien eu ! Obtus…soit ! Mais honnête au moins !

Il s'était senti trahi. Il aurait dû comprendre. Elle ne voulait pas devenir l'un de ces ventres qui s'arrondissent tous les ans, une machine à reproduction.

— Toi, Anna, une religieuse, penser comme ça.

Il était sorti. L'oxygène se raréfiait dans la maison…l'amour et la tendresse aussi. Toutes ces choses si indispensables qu'elle était incapable de lui donner. Anna fulminait. «Les hommes sont tous les mêmes. Un lit chaud, un bon repas…Tous pareils. La forêt change mais tous les arbres se ressemblent.»

Les enfants étaient emballés par la venue prochaine de ce bébé. Ils s'offrirent pour aider leur mère. Ils devançaient ses moindres efforts. Ils étaient bien intentionnés. La réalité était qu'elle ne voulait pas de cet enfant.

Novembre arriva avec sa grisaille, ses pluies intermittentes et ses matins glacés. Benito, les enfants, même la maison l'oppressaient. Son espace vital s'amenuisait. Enfin, un matin ensoleillé ! Sortir ! Dès le déjeuner terminé elle fut prête à arpenter la ville. Les routes étaient glissantes, mais le soleil radieux. S'éloigner de la maison. Tout oublier pendant quelques heures.

— Fais bien attention, Anna. Les trottoirs sont de vraies patinoires. Vu ta condition...ce n'est pas prudent.

— Benito, je ne suis pas invalide. Je suis juste enceinte.

— C'est pour ça que je te dis de faire attention. Ça peut être dangereux. Tu pourrais tomber !

Elle sortit. L'air frais la revigora. Seule dans la multitude, libre comme l'oiseau, elle allait d'une boutique à l'autre. Elle s'offrit un spécial : une collation au restaurant. Seule, en paix. La journée s'envola trop vite. C'était déjà l'heure du retour. Hâtant le pas, elle ne vit ni l'autobus, ni la flaque d'eau. Quand l'autobus la dépassa, il l'éclaboussa de la tête aux pieds. Elle sursauta, glissa dangereusement et s'étala de toute son long. Le choc fut brutal. La douleur lui coupa la respiration. «Mon bébé ! Doux Jésus ! » Elle essaya de se relever mais sa jambe gauche refusa de suivre. Deux femmes s'arrêtèrent. L'une d'elle héla un policier. On la transporta à l'Hôtel-Dieu.

Une jambe fracturée. Les crampes ne tardèrent pas. Elles lui déchiraient le ventre. Son bébé...elle allait perdre son bébé ! Le médecin se fit rassurant.

— Ne vous inquiétez pas inutilement. Vous avez de bonnes chances de le garder. Détendez-vous.

Une heure plus tard, un liquide chaud glissa le long de ses jambes. Les crampes reprirent. Quand Benito arriva en trombe, elle venait de perdre leur bébé. Les yeux glacés, les mâchoires serrées, il s'approcha du lit.

— J'ai vu le docteur. Tu as perdu notre bébé. Tu dois être contente. Tu n'en voulais pas de ce bébé !

— Voyons, Benito ! C'est un accident. Je ne l'ai pas fait exprès !

— Je t'ai dit ce matin que c'était glissant, que c'était dangereux pour toi et le bébé. Mais non ! C'était plus important pour toi de sortir. Le bébé... tu t'en foutais.

— Tout de même, Benito. C'est un accident !

— Anna. Il n'y a pas grand chose que tu n'aies pas fait depuis notre mariage. Refuser d'être enceinte pendant des années, sans m'en parler… te sauver avec mes enfants… me faire souffrir à petit feu ! Là, tu perds notre enfant. Par ta faute ! Tu vas être libre : pas de couches, pas de bébé, pas de problèmes.

Il se laissa choir sur une chaise. Perdu dans ses pensées, il la regardait sans la voir. La douleur, la colère rendaient son visage méconnaissable.

Elle en eut pitié. Il n'était en rien responsable d'être ce qu'il était. Un homme honnête, travailleur, qui avait voulu une épouse, des enfants, un foyer heureux… Au fond, il avait un peu raison : cette chute l'arrangeait, même si elle ne l'avait pas voulue. Une chose était certaine, plus jamais de bébé, quoiqu'il en dise.

Trois jours plus tard, elle était de retour à la maison. En rentrant, Benito lui montra leur chambre.

— J'ai sorti tout ce qui m'appartient. Elle est à toi. J'ai changé la serrure. Tu pourras la verrouiller de l'intérieur. Je ne coucherai plus jamais dans cette chambre. Mon calvaire est terminé.

Abasourdie, elle le regarda. Cet homme froid n'était pas son mari. Un étranger ! Elle essaya de parler, de s'expliquer. Les mots refusaient de sortir. Qui plus est, il n'avait pas l'intention de l'écouter. Terminé, le temps des compromis.

— Où vas-tu ? Tu t'en vas ?

— Non, Anna. J'ai des enfants. Je n'ai pas l'intention de les abandonner. Teresa et Pietro sont encore aux études. J'ai pris la chambre d'amis. Si tu as besoin de quelque chose, tu n'as qu'à demander. Entre toi et moi, c'est fini. Je n'en peux plus. Tu ne me feras plus souffrir. On peut continuer à manger ensemble et à sortir ensemble… quelquefois.

— Et si je refuse ? J'ai le droit.

— Fais ce que tu voudras. Je m'en fous ! Tu peux même t'en aller si tu veux…mais tu partiras seule. Les enfants resteront avec moi. Tu n'auras rien de moi. Après les souffrances, les humiliations que tu m'as fait subir, la justice sera de mon côté. D'ailleurs, c'est tout juste si tu as de l'affection pour eux.

— Mais… j'aime mes enfants !

— Ne gaspille pas ta salive. Tu ne sais même pas ce que ça veut dire, aimer. Bon, je n'ai plus rien à ajouter. Salut !

Ce fut la fin de leur vie de couple. Et ce fut plus pénible que ce qu'elle avait pu imaginer. Les enfants s'étaient vite aperçus de leur dissension. Ils se rallièrent à Benito. Anna ne fut pas surprise. Sa jambe guérissait. Les jours passaient, interminables. Benito s'arrangeait pour être le moins possible seul avec elle. Les enfants étaient tout aussi distants. Ni leurs mets préférés, ni les petits cadeaux qu'elle leur offrait, ne les touchaient. Si à de rares occasions, ils s'approchaient d'elle, ses membres se figeaient. Ils s'éloignaient en se détournant.

Antonio avait essayé à quelques reprises de savoir ce qui se passait entre son père et elle. Elle resta muette.

Les mois passèrent. Antonio s'était fait une amie. Il s'était arrangé avec son père afin qu'il soit à la maison quand il la présenterait à sa mère. L'accueil d'Anna avait été cordial mais froid. Benito, charmant, avait raconté des anecdotes drôles, Lucia riait aux éclats. Anna s'était vite rendu compte que Benito la connaissait déjà. Quels hypocrites ! Spectatrice, les lèvres pincées, elle n'avait pas insisté pour qu'ils reviennent.

Fernando avait aussi une amie. Il avait quitté la maison et partageait une chambre avec Carlo, chez Pina. Ulcérée, Anna ne lui avait pas adressé la parole, les très rares fois où elle l'avait vu. Les deux couples sortaient ensemble. C'était très bien ainsi. L'idée de les voir se coller, se becqueter, se marier, avoir des enfants, lui répugnait. Le rôle de grand-mère ? Pas pour elle. Qu'ils s'arrangent ! Qu'ils ne comptent pas sur elle pour s'occuper de leur progéniture.

La chambre de Fernando était devenu un oasis pour Teresa et Pietro. Ils s'y réfugiaient avec leur père. Anna percevait leurs discussions, leurs rires comme une oppression. Les enfants ne semblaient pas affectés par la « séparation » de leurs parents. Au contraire, ils étaient plus libres, plus près de leur père. Benito couchait rarement à la maison mais venait les voir presque chaque jour. Ils sortaient avec lui, soupaient parfois à l'extérieur. Quand elle avait voulu protester, il lui avait fait comprendre qu'il avait des droits et qu'il entendait s'en prévaloir. Il vivait sa vie, elle n'en faisait plus partie. Le bonheur inondait son visage. Le pas léger, le visage épanoui, il rayonnait.

Benito avait une maîtresse. Elle en avait la quasi-certitude. Un nouveau look, un parfum différent… Il sifflotait en arrivant voir les enfants, il semblait au comble du bonheur.

Un samedi, alors qu'elle déambulait rue Sainte-Catherine, elle l'avait aperçu. Il n'était pas seul ! Pina était à son bras. À leur vue, elle ressentit un choc. Son Mari ! Son mari et Pina. Elle avait été sa meilleure amie. Ils semblaient former un couple d'amoureux. Bras dessus, bras dessous, ils riaient, heureux. Hypnotisée, elle regarda Benito arranger le foulard de Pina et lui donner un petit bec sur le nez. Leur bonheur lui fit mal. La douleur la figea sur place. Les passants la bousculaient, mais elle était incapable d'avancer.

— Êtes-vous malade, madame ?

Un homme lui prit le bras. Elle se dégagea et s'enfuit. Les larmes mouillaient son visage sans qu'elle s'en aperçoive. Un taxi la déposa chez elle. Elle s'enferma à double tour et pleura toutes les larmes de son corps. Elle pleura longtemps, très longtemps. La peine, la honte de voir son mari, qu'elle avait pourtant si souvent rejeté, embrasser une autre femme la poussaient à la révolte. La colère contre ses frères, contre Monseigneur Serpico qui l'avait vendue à un homme qu'elle ne voulait pas épouser, avaient fait d'elle une femme sans cœur. L'amour de Benito pour elle était bel et bien mort.

Elle pleura la femme qu'elle aurait aimé être et qu'elle ne serait jamais. Elle avait eu une existence vide, sans chaleur. Comment continuer à vivre avec son mari qui couchait avec une autre femme ? Seule, avec des enfants qui ne l'aimaient guère, qu'allait-elle devenir ? Partir ? Où aller ? Elle devait trouver quelque chose.

Au cours des dernières années, elle avait pris l'habitude de visiter les couvents. Celui de Jésus-Marie l'attirait. Souvent, elle s'y rendait pour entendre la messe. La paix qui y régnait calmait ses angoisses. À quelques reprises, elle s'était entretenue avec sœur Carmella. Elle lui rappelait sa tante. Dans ce couvent, elle pourrait trouver refuge.

Le lendemain matin, elle était au parloir avec la Mère supérieure.

— Mère, j'aimerais travailler ici deux ou trois jours par semaine. Bénévolement !

— Mais nous n'avons besoin de personne.

— Vous n'aurez pas à me payer. Je suis très habile de mes mains. Les gros travaux ne me rebutent pas.

— Mais pourquoi ? Vous êtes à l'aise, une belle famille...

— Écoutez, vous devez m'aider. Sinon, je devrai quitter mon mari et mes enfants. Je suis à bout.

— C'est très grave ce que vous dites. Si vous essayiez de m'expliquer.

Anna n'avait pas l'intention de se confier, mais le beau visage serein de la religieuse, sa bonté, déclenchèrent le récit de sa vie. Les mots se mêlaient aux larmes. Elle était incapable de s'arrêter. La soupape était ouverte. Les souffrances, les frustrations, les peines, les joies, elle raconta tout. Elle n'avait jamais ouvert son coeur. Elle n'avait pas d'amies. Par sa faute ! Elle n'y pouvait rien. La Mère supérieure en fut émue.

— Pauvre enfant ! Vous avez été éprouvée. Je vais réfléchir. Nous allons essayer de vous aider. Revenez demain.

La Mère supérieure accepta son offre.

Le soir même, quand Benito vint voir Teresa et Pietro, elle lui demanda de lui accorder quelques instants.

— Est-ce important ? Es-tu malade ?

— Oui, c'est important. Je me suis trouvée un emploi.

— Pas question. Je suis capable de te faire vivre. As-tu besoin d'argent ?

— Ce n'est pas une question d'argent.

— *Allora, scordatelo !* Alors, oublie ça !

— Benito, écoute, écoute bien.

Il se leva, mais le regard d'Anna l'arrêta.

— J'étais sur la rue Sainte-Catherine samedi.

— Puis après, je ne vois pas le rapport.

— Ça ne te dis rien, samedi, rue Sainte-Catherine.

Pourtant, tu y étais... mais tu n'étais pas seul.

Son visage changea de couleur.

— Excuse-moi Anna. Je n'aurais pas voulu...

— Que je te voie avec ta catin ! Il est un peu tard pour avoir des regrets. Alors, tes ordres et tes désirs...

— Qu'est-ce que nos amis vont penser ?

— Que j'aille travailler ? Ça les dérangera moins que de te voir te promener avec une autre femme et l'embrasser en pleine rue.

— Anna, c'est toi qui l'a voulu. *È la tua opera !* C'est ton oeuvre !

— Laisse. J'irai travailler trois jours par semaine. Je vais continuer à faire les repas et à m'occuper de la maison. Je vais garder ma santé mentale... Ne dis rien Benito. Toi, tu pourras continuer à courailler, à parader ta catin à ta guise.

— Pina n'est pas une catin. Si jamais je t'entends prononcer ce mot à nouveau, je te jette à la rue.

La colère, l'humiliation, la rancune l'enhar-dissaient.

— Fais donc ce que tu voudras.

Sur ces derniers mots, elle tourna les talons et sortit.

À compter de ce jour, tout projet, tout espoir, quitta leur maison. Ils se parlaient rarement. La joie n'était pas au rendez-vous. Benito voyait toujours Pina. Il passait des nuits à l'extérieur. L'amour qu'Anna avait pu éprouver pour lui s'était changé en haine. L'envie de les tuer s'insinuait si profondément dans son esprit qu'elle en avait presque peur. Seul le travail au couvent, ramenait un peu de paix et de stabilité dans sa vie.

Les années passèrent. Antonio épousa son amie, Lucia Falcone. Un mariage simple. Anna accompagna Benito mais s'éclipsa dès la cérémonie terminée. Un voyage organisé lui fournit l'excuse rêvée. Ils en furent soulagés. Pina serait certainement de la fête. D'ailleurs, Benito venait très rarement à la maison. C'était mieux ainsi. Le voir la crucifiait. Ressentir l'indifférence de cet homme qui l'avait tant aimée la faisait souffrir mille morts.

Son travail au couvent lui plaisait…un baume pour son âme torturée. Elle s'occupait des religieuses malades. Quelquefois, elle lisait pour elles, répondait à leurs lettres, allait faire des emplettes. Chaque journée était différente. Elle rencontrait aussi les parents et les amies des religieuses. Très tôt, elle devint indispensable.

Le 20 juillet 1972, leur vingt-cinquième anniversaire de mariage... la nuit était encore noyée d'ombres quand Anna s'était assise sur la véranda. Il n'y aurait aucune célébration ! En s'entêtant, elle avait perdu sur toute la ligne. La pilule était amère. Sans aucun doute, Benito dormait dans les bras de sa maîtresse. Pour lui, cette date n'était qu'un mauvais souvenir. «Son bonheur ne sera peut-être pas éternel.» Ces mots, prononcés tout haut, lui apportèrent un peu de réconfort.

Cinq années passèrent. L'un après l'autre, Teresa et Pietro avait quitté la maison. Teresa faisait un séjour en Italie. Avec l'aide de son père Pietro était devenu électricien, s'était acheté une maison. Un soir que Benito était venu réparer le balcon avant, elle l'avait trouvé amaigri, changé. Tout ne tournait pas rond pour lui.

— Qu'est-ce qui t'arrive ? Est-ce que tu es malade ?

— Je ne me sens pas bien. Je vais aller chez le docteur demain.

Deux jours plus tard, Antonio l'avertit que son père était à l'hôpital. Le lendemain, le médecin diagnostiqua un cancer inopérable. Elle était stupéfaite. Les enfants étaient atterrés.

Cinq jours à hésiter...puis, elle se hasarda à rendre visite à Benito. Alors qu'elle approchait de la chambre, elle entendit des éclats de rire. Elle hâta le pas. Benito devait se sentir mieux. Rien ne la préparait au spectacle qui s'offrit à elle. Les enfants étaient autour du lit. Fernando tenait une petite fille sur ses épaules. Pina était allongée, la tête appuyée contre Benito. Stupéfaite, immobile, comme frappée par la foudre, son regard alla de Benito à la petite fille qui la dévisageait.

— Bonjour, madame. Je m'appelle Sophia. Mon papa est malade. Êtes-vous venue le voir ? Qui êtes-vous ?

Tous la dévisageait. Un silence de mort... Benito ouvrit la bouche. Aucun son…

— À qui est cette petite, Benito ?

Elle avait murmuré la question mais son coeur savait déjà la réponse. Incrédule, elle le regardait.

— Écoute Anna, je regrette. Je n'aurais pas voulu que tu l'apprennes...

Incrédule, elle les regarda tous, l'un après l'autre.

— Vous saviez ! Vous saviez tous ! Vous étiez de connivence avec votre père et sa catin. Et cette petite, *questa bastarda ?* cette batarde ? Comment as-tu osé ? Faire un enfant à cette putain.

Pina s'était levée d'un bond, avait saisi sa fille et était sortie.

— Pina c'est un ange, maman. Toi, t'es...

— Les enfants, laissez-nous ! Tu as fait un enfer de ma vie. Tu ne me voulais pas mais tu n'acceptes pas que je sois heureux avec Pina. Je suis libre. *Maledetta civetta !* Maudite gribiche !

— Maudit, toi-même ! Tu m'humilies devant tout le monde. Tu as un pied dans la tombe et ta catin allongée avec toi sur ton lit d'hôpital. Tu mérites de crever !

Fernando revint, la prit par le bras et la sortit de la chambre.

— Partez ! Partez avant que j'oublie que vous êtes ma mère. Mon père n'a pas besoin de vous. Il va finir ses jours entouré de gens qui l'aiment. Vous ne faites pas partie de ceux-là.

Le retour à la maison se fit comme dans un rêve ou plutôt comme dans un cauchemar. Un kaléidoscope vivant où une petite fille de cinq ans se déplaçait dans une valse désordonnée. Sophia ! La fille de Benito et de Pina, la demi-sœur de SES enfants. Ses enfants qu'elle avait portés, nourris, soignés, élevés. Des traîtres ! Ils savaient ! Ils avaient toujours su.

Des images se superposaient dans sa tête. Pina enceinte ! La joie de Benito ! Pina accouchant ! Ses enfants en adoration devant ce bébé, leur sœur. Ils n'avaient rien dit. Tous leurs amis savaient, tous, sauf elle. Ils avaient dû en faire des gorges chaudes. Cette trahison fut pire que tout ce qu'elle avait déjà enduré. Elle parcourut la maison. Tout ce qui avait appartenu à Benito fut mis aux ordures : vêtements, outils, bibelots, photos. Elle travaillait totalement habitée par la vengenace.

Antonio, Teresa et Pietro vinrent lui rendre visite à quelques reprises. Ils essayaient de réparer les pots cassés.

— Comment avez-vous pu me cacher ça ?

— Que vouliez-vous qu'on vous dise ? Vous saviez qu'il vivait avec elle depuis longtemps. Pourquoi nous blâmer ?

— Vous auriez dû me dire pour la... *piccola...* pctite...

— Maman, vous avez toujours refusé de nous expliquer pourquoi votre mariage avec notre père avait été un fiasco. On voudrait comprendre. Admettez que vous ne nous avez pas aidés à comprendre.

— C'est bon ! Ne revenons pas sur ce sujet. Je veux vivre en paix maintenant.

Vingt-deux mois plus tard, Benito décédait. Antonio était venu annoncer la nouvelle à Anna. Légalement, il était encore son mari.

C'était à elle de s'occuper des funérailles. Elle ne poussa pas l'hypocrisie jusqu'à feindre de la peine. Elle organisa tout sobrement et... rapidement. L'enterrement eut lieu le lendemain. L'église était bondée. Ses enfants étaient à ses côtés, sauf Fernando qui ne lui avait pas pardonné. Ils étaient très tristes mais les yeux d'Anna étaient secs. Fernando, Pina et la petite Sophia étaient derrière. Voilée, Pina pleurait. De gros sanglots secouaient tout son corps. Quand ils sortirent, elle était déjà partie.

Après la cérémonie, les enfants vinrent à la maison.

— Maman, si vous avez besoin de quoi que ce soit, vous pouvez compter sur nous.

Quelle ironie ! Quatre enfants et si seule. Elle ne savait presque rien d'eux, de leur vie, de leur travail, de leurs amis. Étaient-ils heureux ? Pas Antonio ! Fernando était marié. Il avait deux enfants qu'elle n'avait vu qu'une fois. Pietro vivait avec une amie. Tout aurait pu être si merveilleux... si elle avait voulu... si elle avait pu... si…

La semaine après les funérailles, elle partit pour l'Europe. Un voyage organisé. Plaisant ! Pas de confidences, pas de conversations inutiles. Des échanges vivifiants, instructifs. Libre, libre enfin d'agir à sa guise. Elle se sentait renaître. Benito lui avait laissé la maison et assez d'argent pour être à l'abri des soucis financiers. Il n'avait pas oublié Pina. Elle ne s'en formalisa pas. Ce chapitre de sa vie était terminé.

Dès son retour, elle vendit la maison. Elle en acheta une plus petite avec une grande chambre qui ouvrait sur un balcon au deuxième, un premier à aire ouverte très éclairé et un solarium entouré d'un jardin de fleurs, près du couvent. C'est là qu'elle avait été la plus heureuse.

Un long soupir. Elle se souleva, le regard au loin.

— Madame Anna. Vous avez mal ?

— Non… non… dites à Antonio... dites-lui que… je regrette... que ...*l'amo*, je l'aime … Benito… Pardon…

Ces derniers mots furent prononcés tout bas…si bas.. un murmure. Elle ouvrit les yeux, les referma.

Anna Maria Ventura Scarafo exhala son dernier soupir.

FIN